KB044427

Train & Draft Beer

기차와 생맥주

Train & Draft Beer

기차와 생맥주

최민석의 여행지 창간호

넉스톤

누구에게나 인생을 풍요롭게 만드는 게 한두 개쯤은 있을 것이다. 어떤 이에게는 친구와의 수다, 커피 한 잔, 또 어떤 이에게는 산책, 요가, 달리기가 해방감을 줄 것이다. 내게 그런 존재는 '잡지'다. 나는 틈이 날 때마다 안락의자에 기대 잡지를 펼친다. 그 안에는 미처 경험해보지 못한 삶의 양식과 환경이 가득하다. 나는 잡지를 한 장씩 넘기며, 아직 도달해보지 못한 삶의 다른 가능성에 대해 상상한다. 이 가상의 유람이 흥미로워 잡지를 손에 쥐고 넘기는 시간을 몹시 좋아한다. 할 수만 있다면 가훈으로 '잡지는 인생을 풍요롭게 만든다'라고 정하고 싶(지만, 이건 내 맘대로 할 수 없기에 조용히 패스한)다.

잡지 중에서도 삶을 가장 감미롭게 만드는 건 단연 '여행지 (旅行誌)'다. 나는 여행지의 열렬한 팬이자 구독자이기에, 여행지에서 청탁을 하면 거절 않고 쓴다(물론, 다른 잡지도 거절하지 않는다. 이게 생계형 작가의 자세다).

그러다 한 여행지가 청탁을 해왔다. 오랫동안 배낭여행자들 사이에서 성서처럼 여겨진 〈론리플래닛〉 한국어판이었다. 매월 여행 칼럼을 한 편씩 써보지 않겠냐고 제안을 해준 것이다. 겉으로는 잘나가는 작가인 양 짐짓 바쁜 척을 했지만, 속으로는 무한한 가문의 영광으로 여겼다.

당연히 성실히 임하며 썼는데, 이때 할 수만 있다면, 내 글이 힘든 삶을 버텨내는 독자들에게 '일상의 쉼표'가 되길 바랐다. 나 역시 필자이기 전에 한 명의 독자이자, 삶을 견뎌야 하는 보편적 인간이었기에 월말이면 언제나 지쳐 있었다(현대인은 카드 결제일이 포진한 중순부터 지치기 시작한다). 그래서 마감을 할 때면 '자, 어디 한숨 돌려볼까' 하는 가벼운 맘으로 썼다. 독자 역시 가뿐하게 읽으며 기분전환할 수 있지 않을까, 하고 여겼던 연유다. 만약 내 글이 너무 쉬이 증발된다면, 이는 전적으로 경솔한 자세로 임한 내 탓이다. 물론, 그렇다 해서 절대 쉽게 쓴 것은 아니다. 금전적 보상을 받으며 쓰는 전업 작가인 만큼, 내 글이 부끄럽지 않도록 스스로 정한 규칙을 엄수하고, 영혼의 땀을 흘리며 썼다.

예상했겠지만, 이 책은 그 글들을 엮고 다듬고, 새로 쓴 글까지 덧붙여 낸 것이다. 즉, 이 책은 오랫동안 여행지(旅行紙)를 사랑해온 한 글쟁이의 결과물이라 할 수 있다.

〈론리플래닛〉에 연재할 때 만난 편집자는 훗날 자신만의 멋진 여행지를 창간했고, 그때 또 흥미로운 제안을 했다. "에세이에 픽션의 기법을 곁들여 써보면 어떻겠냐"는 것이었다. 우리 둘은 머리를 맞대어 이 새로운 양식의 글을 뭐라 이름 붙이면 좋을까 고민하다, 결국 '픽세이(픽션+에세이)'라 부르기로 했다.

처음에는 한 편만 쓰기로 했는데, 편집장은 "생각보다 재미있네요"라며 한 편 더 써달라 했다(대체 무슨 생각을 하신 거죠). 그렇게 한 편을 더 쓰니 "이거 기대보다 흥미롭네요"라며 또 한 편을 더 써달라 했다(대체 무슨 기대를 하셨어요). 그러다 보니 결국엔 계간지인 이 잡지에 일 년간 연재를 했다. 원고를 쓸 때마다 '실제로 한 여행에 어떤 상상을 가미할지' 기분 좋게 궁리했다. 이 책에 실린 글들은 〈피치 바이 매거진〉의 '허태우 대표'가 아니었다면, 게으른 내가 쓰지 못했을 것이다. 내게 성원과 채찍질을 가해준 것과 아울러, 틈틈이 맥주잔을 함께 기울여준 것에 대해 땅 밑에서 잠자는 조상까지 동원해 감사의 말씀을 올린다.

　이 책은 '여행지'에서 착안했기에, 여행지처럼 만들려고 노력했다. 하여, 좀 뻔뻔해 보일지라도 부제를 '최민석의 여행지 창간호'라 지었다. 제목 역시 잡지 제호를 정한다는 생각으로 붙였다. '기차와 생맥주'는 내가 여행을 할 때 반드시 즐기는 두 가지인데, 그 이유는 본문을 보다 보면 자연스레 알게 될 것이다. 당연히 표지도 잡지처럼 보이게끔 신경을 썼다. 이를 위해 훌륭한 비주얼 아티스트인 '아방' 작가가 수고해줬다. 그와 나는 아주 오래전, 그러니까 약 십 년 전 둘 다 신인이던 시절에 연재를 하며 인연을 쌓았다(내가 글을 쓰고, 그 글에 아방 작가가 삽화를 그렸다). 그때부터 "언제 한번 같이 책 작업을 해보죠!"라고 했는데, 십 년이 흘러 이제야 함께하게 됐다. 표지가 조금이라도 마음에 들었다면, 그건 모두 아방 작가 덕이다.

　끝으로, 선뜻 책을 내자고 제안해준 '북스톤'의 김은경 대표, 수고해준 강현호 편집자, 그리고 내게 친절을 베풀어준 여행지의 이름 모를 상인, 지친 여행자에게 미소를 지어준 행인, 무엇보다 지금 이 글을 읽고 있는 당신에게, 참으로 깊은 감사의 말씀을 전한다.

　작가 생활 12년 만에 지면을 빌려 이런 말을 쓰는 건 처음이지만, 여러분이 있기에 계속 글을 쓰며 살 수 있었습니다. 여러분 진심으로 감사합니다(갑자기 존댓말로 바뀌었다고 이상하게 여기지 마시길. 무릇, 생계형 작가는 비굴해야 할 때를 알아야 하는 법이니까).

차례

미국 기차 여행

　미국 기차는 느리기에 비싸다. 대개 기차는 느리기에 싸거나, 빠르기에 비싸다. 그렇기에 이 무슨 역설인가 싶다. '시간 많고, 돈 많고, 인내심 많은 사람만 타란 말인가(!)' 싶은데, 어쩐지 이 예감은 예매를 하다 보면 맞는 것 같다.

　일단, 모바일 예매를 하려면 앱스토어가 미국 계정이어야 한다. 그래서 인터넷으로 하려면 회원 가입을 해야 하는데, 미국 주소만 입력할 수 있다. 세상에는 미국 기차를 타고 싶은 포르투갈인도 있고, 일본인도 있고, 모로코인도 있겠지만…, 미국인이 아니고서는 어렵다. 그래서 정직하게 미국 기차를 타려면, 우선 미국으로 이사를 해서 주소를 얻어야 하는데 집주인과의 마찰이 싫은 나 같은 사람은 집을 사서 가는 게 좋다. 하지만 집을 사봐야 영주권이 없으면, 그 집에서 살 수가 없다. 그러니, 영주권을 얻기 위해선 미국 기업에 취직해야 한다. 그래서 십 년 이상 우수 납세자가 되면 미국 기차를 탈 수 있는데, 이것보다 간단한 방법은 학생 비자를 얻어서 유학을 가는 것이다. 까짓거 유학 가는 것, 어학연수보다는 대학 입학이 좋다. 그러려면 일단 토플부터 쳐야 하는데, 아아, 요즘 토플은 미국에서 교환학생을 해본 나한테도 어렵다. 범죄자도 아닌데 자술서처럼 쓸 것도 많고, 성우들이 뭐 그리 맘이 급한지 말도 엄청 빠르게 한다. 어쨌든, 미국 기차 타기 어렵다. 입신양명해 스스로 철도를 까는 게 빠르다.

"작가 양반! 그까짓 회원 가입이야 아무 주소나 입력하면 되지 않소?!" 한다면, 그럴 수도 있다. 하지만, 카드 결제를 하려면 '청구주소'를 입력해야 하는데, 이 주소는 '신용카드 등록주소'와 일치해야 한다. 예상했겠지만 이 주소 역시 미국 주소만 허용된다. 이쯤 되면 미 철도청에 불을 지르고 싶겠지만, 그랬다간 아마 감옥에 있을 것이므로, 또 미국 기차를 탈 수 없게 된다. 물론, 더 싸고 더 빠른 버스를 타면 그만이다. 하지만, 여기엔 개인적으로 중차대한 성향 문제가 깊이 연관돼 있는데, 그건 바로 내가 기차 여행을 지나치게 좋아한다는 것이다. 아방궁에서 자고, 주지육림급의 대접을 받는다 해도, 기차표가 없으면 우울해진다. 만약 내가 트레비식이 기차를 발명한 1804년 전에 태어나 죽어버렸다면, 쇼펜하우어에 버금가는 염세주의자가 됐을지도 모른다(아마 쇼펜하우어도 기차 발명 전에 죽어버렸다면, 더 혹독한 염세주의자가 됐을지도).

하여 정치적 올바름을 지향하는 작가임에도 불구하고 새벽까지 고민하다 결국 뉴욕에 거주하는 친구 주소로 회원 가입을 하고 청구주소까지 입력을 하니, 곧장 "당신은 신용카드 등록 주소와 다른 청구주소를 입력했습니다"라는 경고 메시지가 화면 중앙에 뜨며 미 철도청의 설정 시스템 때문에 노트북이 폭발해버리는 사고라도 일어나는 게 아닐까 노심초사했는데, 너무나 평온하게 예매 성공 메시지가 화면에 떴다. 바로 전자 티켓이 이메일로 발송됐다. 고작 이런 걸로 사람을 한 달 넘게 난처하게 만들었나 싶어, 이번에야말로 미 철도청에 불을 지르고 싶었지만 몇 시간 후면 기차를 타야 했으므로 일단 방화는 나중으로 미뤘다.

마침내 기차에 타니 이방인은 나와 호주 관광객 한 명뿐이었다. 놀라운 점은 두 명의 이방인을 빼고, 유색인종은 흑인 한 명뿐이었다. 라틴계 미국인도, 아시아계도 없었다. 온통 백인이었다. 역내 어디에도 '유색인종 금지' 따위의 푯말도 없었는데 말이다(당연하다!). 나는 '왜 다른 인종은 없을까' 생각해봤다. 버스와 비교해보니 제일 싼 좌석은 10달러 차이가 났다. 하지만, 미국 사회에서 10달러라면 큰 금액은 아니다(팁을 그 이상 줄 경우가 허다하다). 만약, 이것을 큰 금액 차이라 생각한다면 그것은 생활관의 차이다. 이는 생활양식의 차이로 연결되고, 나아가 '느리고 비싸지만 낭만을 추구하는 취향'과 '좀 더 싸고, 좀 더 빠른 효율성을 추구하는 취향'의 차이로 확장된다. 나 역시 취향 때문에 기차를 타지 않았는가. 어쨌거나, 취향 때문이라 하면 '문화자본'을 설파한 부르디외는 상당히 기뻐할 것 같다.

약간 섬뜩한 것도 있는데, 그건 바로 좌석 등급이다. 일반석은 덩치 큰 미국 서민 엉덩이의 사랑을 많이 받았는지 가죽이 잔뜩 닳아 있었다(이 서민들 역시 '백인' 서민이지만). 색깔도 시멘트 가루 같은 회색이다. 하지만 식당 칸을 지나 비즈니스 칸에 들어서면 풍경이 갑자기 달라진다. 널찍한 복도에다, 이탈리안 소파에나 쓰일 법한 붉은 색감 도는 화려한 브라운 가죽시트가 눈에 확 들어온다. 마치 문 하나를 사이에 두고 부촌과 일반 주택가가 나뉜 것 같다. 모텔에서 호텔로 순간이동한 기분까지 든다. 이렇게 보면 미국은 상당히 계급적이다. 기차엔 온통 백인뿐이고, 그 안에서도 계급이 나뉜다. 이래서 미국에서는 잊을 만하다가도 이곳이 계급사회라는 게 한 번씩 강렬히 인식된다.

항공 이동의 고충

　기차 여행은 상당히 좋아한다고 했지만, 비행기 여행은 고욕이다. 예전에는 이코노미석을 타더라도 와인은 물론 양주도 줬지만, 이제는 그런 분위기가 싹 사라졌다. 물론 시대에 따라 환경은 변한다. 70년대 영화를 보면 비행기 안에서 뻐끔뻐끔 담배도 피워댔다(지금은 항공법에 따라 즉시 처벌받겠죠).

　"아니, 최민석 씨는 술과 담배가 중요합니까"라고 따질지 모르겠다. 하고픈 말의 요지는 '뭔가 즐기면서 여행하는 분위기'에서 '오로지 이동하는 분위기'로 바뀌어가고 있다는 것이다. 그렇다면 이동이라도 편하게 할 수 있어야 할 텐데, 딱히 그런 것도 아니다. 날이 갈수록 이코노미석의 공간이 줄어들어 십 년 후쯤 엔 선 채로 안전벨트를 매고 앞 승객 뒤통수만 보고 이동하는 비행기가 생기지 않을까 싶다(실제로 이 글을 쓴 후, 한 외국 디자이너가 서서 이동하는 항공기 좌석 시안을 공개했다!).

때문에 비행기에 오를 때면 '아. 이거 또 훈련소 가는 심정이군' 하며 타게 된다. 값을 좀 더 치르고 비즈니스석에 타면 이코노미석에 탈 동승객이 맘에 걸려 편치 않고, 십만 원을 더 주고 이코노미클래스 제일 앞자리에 앉더라도 불편함이 극적으로 줄지는 않는다. 그래선지, 종종 영화나 드라마에 나오는 '공간이동'을 주목해본다. 아예 '공간이동 공항'이 생기면 어떨까 하며. 그렇다면 일단, 집에서 리무진 버스를 타고 인천공항으로 간다. 공항에서 체크인 절차를 밟으면 직원이 '네. 뉴욕은 3번 게이트입니다'라고 친절히 안내해준다. 그러면 3번 게이트 앞에 가서 차례를 기다리며, 한 명씩 게이트 문을 열고 들어간다. 나 역시 3번 게이트 문을 열고 한 발짝 내디디면, 바로 맨해튼 32번가다. '아. 아침밥을 못 먹고 왔는데, 한인촌에서 설렁탕이나 한 그릇 할까' 하면서 여유롭게 32번가를 어슬렁거린다. 이게 바로 드라마나 영화가 가정하고 있는 이동방식인데, 이 역시 만만찮다.

서울과 뉴욕의 시차는 13시간이다. 그러므로, 서울에서 밤 11시에 출발하면, 이동에 약 2초 정도 걸리기에, 뉴욕에 도착하면 아침 10시 0분 2초가 된다. 나처럼 평소에 일찍 자는 사람은 햇살이 맨해튼 거리를 빛나게 비추는 아침 10시에 걷다가 그만, 스르르 눈이 감긴다. 심할 경우엔 걷는 와중에 쓰러져 버린다. 카페에서는 물론, 공원에서도 목을 뒤로 꺾고 입을 헤벌린 채 자는 사람이 즐비할지도 모른다. 자고 일어나면 어느덧 노숙자 틈에 끼어 있고, 여행 트렁크 위에는 동전이 수북이 쌓여 있을 수도 있다. 여행 가방이 사라져버렸을 수도 있다. 나 같은 '얼리버드'에게는 꽤 골치 아픈 문제다. 비행기에선 미리 잠을 자두거나, 반대로 미리 일어나서 시차에 적응할 준비를 갖출 수 있지만, 순간이동을 하면 그런 꼼꼼한 대비를 할 수 없다.

또한 비행기를 타고 갈 때는 출국장 앞에서 눈물을 훔치며 '잘 살아. 나 잊으면 안 돼' 따위의 이별 영화 같은 장면도 연출할 수 있지만, 문 하나만 열면 곧장 다른 나라인데 울자니 지나치게 감상적인 사람 같다. 걷다가 개미를 밟아도 '아앙' 하고 울음을 터트릴 만큼 신체가 눈물로만 구성된 사람 같다. 하지만 안 울자니 과도하게 냉정한 사람 같기도 하다. 그러므로 헬싱키로 가는 7번 게이트 앞에서는 울 듯 말 듯 망설이는 이별 남녀가 참으로 애매모호한 표정으로 서 있다. 7월에 헬싱키로 가는 연인 앞에서 어떡해야 할지 모르는 남자가 망설이는 사이, 여자는 '흥. 이 남자 아무런 감정이 없군' 하고 게이트 안으로 들어가 버린다. 남자는 '아냐! 내 맘이 그런 게 아니야'라며 따라 들어가 발이라도 내디뎠다간, 당장 감기에 걸려버리고 만다. 7월이니 당연히 반바지를 입었을 테고, 발에 땀이라도 많은 사람이라면 맨발에 샌들 차림일 것이니까. 이래저래 곤란하다. 시차 문제도, 날씨 문제도, 표정 문제도.

하여 드라마나 영화에서 공간이동 장면이 나올 때마다, '흥. 저런 건 말이야. 꼼꼼함이 결여된 상상이라고'라며 혼자 잔뜩 불만에 젖어 말한다. 홧김에 "저런 드라마라면 나도 쓸 수 있겠어"라고까지 말해버린다. 그럼 아내는 유치원생을 달래듯 "네. 맘껏 써보세요. 파이팅!" 하고 드라마에 다시 흠뻑 빠져 깔깔거린다. 결국 나는 성을 내야 할지(분노조절장애자처럼 보인다), 함께 깔깔대야 할지(지나치게 단순해 보인다) 망설이는, 헬싱키로 가는

7번 게이트 앞의 남자와 같은 표정이 된다.

✳

'이런 고민을 할 만큼 항공 이동이 힘듭니다. 여러분은 어떠신
지?'

작가가 살기 좋은 도시 1

이 글은 이 땅에서 힘겹게 사는 사람들을 조금이나마 위로하고, 용기를 주고, 나아가 인류에 이바지하려는 것과는 별 상관없다. 그냥 쓰고 싶어서 썼다. 이 점에 대해선 미안하다. 하나, 평생 글을 써야 하는 사람으로서 쓰고 싶은 주제를 맘껏 써낼 때 그 재미가 전달된다는 생각에는 변함이 없다. 이렇게 쓰고 나니 상당히 고집 센 것처럼 보일까 봐 걱정되지만, 집필을 제외하고선 무던하니 믿어주시길(이런 말은 남이 해줘야 하는데… 쩝).

공식적으로는 처음 하는 말인데, 여행을 갈 때마다 '과연 이

곳은 작가로서 살 만한지' 수십 번씩 자문한다. 몇 가지 요건을 챙겨보는데, 다음과 같다.

1. 예술적 기운이 풍기는가.
2. 물가가 너무 비싸진 않은가.
3. 낮에는 조용해 글을 쓸 만하고, 밤에는 스트레스를 해소할 문화가 갖춰져 있나.
4. 달릴 만한 곳이 있어, 건강을 챙기며 글을 쓸 수 있는가.
5. 음식이 입에 맞는가.

이 모든 요건들을 다 따지고 나면 작가가 살 만한 도시는 지구촌에서 별로 남지 않는다.

결국 손가락에 꼽을 만큼의 도시만 남는데, 그중 으뜸은 아일랜드의 '딩글'과 '골웨이'다(우열을 가릴 수 없는 공동 1위). 이곳은 영화 〈프로포즈 데이〉를 보고 떠났다. 다소 통속적인 면이 있어 〈프로포즈 데이〉는 영화사(映畫史)에 남지 않을지 모르겠지만, 내 마음에는 오랫동안 머물렀다. 때로는 잠 못 이룰 정도로 나를 괴롭혔는데, 그건 바로 이 영화에 등장한 시골길 탓이었다. 영화 속에서 에이미 아담스와 매튜 구드는 낡고 작은 차를 타고 티격태격하며 시골길을 달리는데, 영화를 볼 때마다 '아니! 저런 길에서 싸우다니. 복에 겨운 줄 알라고!' 하며 배 아파했다. 눈만 돌리면 엽서로 삼아도 좋을 풍경이 끝없이 펼쳐져 있는데, 애정 싸움이라니! 눈만 돌리면 회색 빌딩이 가득한 서울 시민 처지에서는 인생을 너무 만만하게 본다는 생각이 든다. 감독이 서울에 하루만 머물렀다면, 영화 속 이 장면은 남녀 주인공이 무릎을 꿇고 눈물 흘리며 감사기도를 올리는 걸로 바뀌었을지도 모르는데 말이다.

결국 몇 달을 씩씩거린 후, 작은 차를 빌려 영화 속의 시골길을 달렸다. 아일랜드 시골길은 영화에서 사랑에 빠진 에이미 아담스와 매튜 구드처럼 나의 심장박동 수를 높였는데, 그건 나도 당시의 애인과 동행하며 애정 싸움을 벌였기 때문… 은 아니고 차가 달리는 작은 오솔길 옆에 쌓인 돌담 때문이었다. 허리 높이의 돌담이 끝없이 펼쳐져 있는데, 그 '돌의 모양이 제각각'이었다. 그렇다. 사람이 작은 돌들을 하나씩 손수 쌓아 올린 것이다. 크기가 정해진 벽돌이라면 아무리 쌓아 올려도 무너지지 않지만, 자연 상태의 돌들을 쌓았는데도 무너지지 않으니, 결국 이 길에 쌓인 것은 돌의 형태를 띤 주민들의 눈물 어린 정성과 땀이다. 조금 과장하자면, 아일랜드 주민들의 땀과 눈물이 굳어 돌이 된 것이다(우리의 망부석처럼!). 과음의 상징적 존재인 아일랜드인들의 정성과 땀이라니. 이런 반전에 감탄하고 있자니, 차를 타고 가더라도 속도를 낼 수 없었다. 이 예술적인 길을 어찌 쌩쌩 달린단 말인가. 동시에 또 한 번 '어째서 이런 길에서 싸운단 말이야!'라며 애이미 아담스와 매튜 구드를 질책했다(회색 빌딩 속에 갇혀서 매일 9시간씩 일해보란 말이야).

길 위를 달리며 생각했다. 이곳은 예술적이구나. 그냥 지나칠 수 있는 길 하나마저도 이렇게 불가능에 도전하며 꾸미는데, 다른 것은 대체 어떻단 말인가. 예감은 맞았다. 조용한 아침과, 열정적인 오후, 그리고 함께 마시며 노래하는 저녁. '골웨이'와 '딩글'의 하루는 한시도 마음에 들지 않은 때가 없었다. 그리하여 나는 바에서 기네스 잔을 내려놓으며 기분 좋게 "여기야! 바로 이곳이 작가가 살기에 가장 좋은 데야!"라며 내 감탄을 새로 사귄 친구와 나누고 싶었지만, 여행 내내 외톨이었기에 홀로 이 생각만 했다.

*

　네. 아일랜드에는 약간 쓸쓸한 기운이 있습니다. 하지만, 전
이것까지도 좋았어요.

겨울 산행

'왜 산에 오르냐?' 이 질문에 영국 산악가 조지 맬러리는 답했다. "거기 산이 있으니까." 그리고 아내는 답했다. "밑에 막걸리가 있으니까." 등산에는 1그램의 관심도 없지만, 하산 후의 막걸리에는 인류 역사상 모든 등반가가 흘린 땀을 합친 것보다 더 관심 많은 아내와 한라산 등반을 했다. 12월 중순, 비행기를 타자마자 전화기에 알림 메시지가 떴다.

'제주, 대설주의보.'

이십 대 시절, 정상 등반에 실패한 나는 이번엔 반드시 백록

담에 오르리라 다짐했다. 그때는 입산을 늦게 한 주제에, 등반까지 천천히 해버려 정상 탐방 허용 시간을 넘겨버렸다. 그런데, 이번에는 폭설 때문에 정상 탐방이 금지될지 모르는 상황이었다. 날씨야 어찌할 수 없으니, 내일은 기필코 일찍 일어나 등산을 시작하겠다고 술을 자제하고 있었는데 막걸리만큼이나 제주 흑돼지에 관심이 많은 아내가 젓가락을 바삐 움직이며 물었다. "그런데 왜 이 날씨에 정상까지 가려는 거야?" 사실, 나는 이 질문에 대한 대답을 수일 전부터 준비해놓았다. 언젠가 아내가 물을 것이라 여긴 내 준비성에 스스로 감탄하며 프랑스 시인 데오필 고체의 말을 들려주었다.

"등산은 맹목적인 장애에 저항하는 인간 의지의 상징이야."

작가다운 내 대답에 감탄했는지, 아내는 언어를 잃은 듯 바라봤다. 그러고선 뒤늦게 손에 소주잔이 있다는 걸 발견했는지 한라산을 입안에 털어넣고 혼잣말을 했다. "아저씨 다 됐구나…"

비록 '맹목적 장애에 저항하려는 내 의지'가 노화로 인한 취향 후퇴로 평가절하됐지만, 작은 오해에 굴하지 않고 우주가 잠든 새벽에 깨어났다. 게으른 내가 차디찬 어둠으로 가득한 다섯 시에 일어날 수 있었던 건 내 안에 어쩌면 정상에 오를 수 있을 거란 밝고 따뜻한 희망이 가득했기 때문이었다. 그 희망에 부풀어 동반 대원을 깨우니 "아침도 안 먹고 어딜 가려는 거야?"라는 예상치 못한 질문을 맞닥뜨려야 했다. 물론 "내 육체는 불과 한 시간이면 배설물이 되어버릴 물체가 아니라, 수천 년간 나를 기다려온 정상의 대지를 밟기 원한다"고 말하려 했으나, 아내 눈치가 보여 조심스레 "일찍 나가볼까요?"라고 했다. 하지만, 예상보다 대원의 저항이 거세 설득하는 데 꽤 많은 칼로리와 시간을 소모했다. 결국 김밥을 먹기로 양자 합의했으나, 아내는 합의 사항을 보기 좋게 어겨버렸다. 김밥을 사러 가며 우동 두 그릇까지 주문해버린 것이다. 나는 '이렇게 시간만 허비하면 또 정상 등반 시간을 넘겨버린다'고 읍소하려 했으나, 그때 매점 스피커는 비보를 전했다.

"오늘은 폭설로 인해 정상 탐방이 불가하며, 산행은 진달래 대피소까지만 허용되니……."

그 뒤부터 절망한 내 달팽이관은 어떠한 음성도 감지하지 못했다. 정신을 차려보니 아내는 한껏 행복해진 표정으로 내 우동 그릇을 들고 있었다(안 먹으면 내가 다 먹는다).

겨울 산행은 왜 떠날까. 산이 거기 있기 때문일까, 막걸리가 밑에 있기 때문일까. 아니면, 맹목적 장애에 저항하려는 인간 의지 때문일까. 모르겠다. 비록 1,950미터까진 아니었지만, 흰색 외에는 모든 색이 사라져버린 착각을 일으킨 12월의 산정호수 까지 올라가보니 정말 추웠다. 이 동물적 깨달음이 가장 컸다. 비록 1,300미터였지만, 그곳에 서 있는 것만으로도 손가락이 얼고, 발가락에 피가 통하지 않는 듯했다. 그 추위를 겪고 돌아오니, 한파가 몰아닥친 서울에서의 일상도 억울하지 않다. 이런 추위쯤이야 지구에서 산다면 당연한 것 아닌가, 라는 생각마저 든다.

왜 산에 오를까? 이 질문에 수많은 답이 존재한다는 것은, 그만큼 인류를 명쾌하게 설명해준 답이 나오지 않았다는 뜻이다. 그렇기에, 나 같은 산행 초보가 뭐라 답할 순 없다. 하지만, 겨울 산행이라면 '빙산의 아주 작은 일각 정도' 눈치챈 것 같다. 마침 내 하산해 등산의 목적을 달성 중인(막걸리를 두 병째 마시는) 아내에게 말했다.

"……겨울 산행은 일상의 지겨움을 탈출하려는 게 아니라, 일상의 소중함을 잊지 않으려고 하는 게 아닐까."

이번에야말로 내 말이 작가다웠는지 아내는 나를 뚫어져라 쳐다봤다. 그리고 반응해줬다.

　"그거 안 마시면, 내가 다 마신다."

　이번에도 혼잣말을 했다(어쩌다 아저씨가 된 거야…).

프랑크푸르트행 열차의 저주

저번에 밝혔다시피, 기차 여행을 아주 좋아한다. 이때껏 기차로 북미·동아시아·유럽 등지를 다녔다. 당연한 말일지 모르겠지만, 첫차를 타기도, 막차를 타기도, 야간기차를 타기도, 침대차를 타기도 했다. 삼등칸에도, 특실에도 올라봤다. 느린 기차도, 빠른 기차도 탔다. 심지어 이 글도 KTX에 탄 채 쓰고 있다. 아마 여태껏 기차 안에서 보낸 시간을 다 합한다면 장편소설 한 권 정도는 쓸 시간이 될 것 같다. 당연히 기억 안 나는 여행투성이다. 그런데, 몇 년이 지난 지금도 아주 또렷하게 기억에 남는 게 있다. 그건 바로, 베를린에서 프랑크푸르트로 가는 기차였다.

일단, 그 기차는 일등석 칸이었는데, 거기엔 특별한 이유는 없었다. 굳이 따지자면, 단지 나이 때문이었다. 당시엔 방문 작가 자격으로 베를린에서 석 달간 지내게 됐는데, 인근 도시로 기차 여행을 해볼까 싶어 3개월짜리 유레일패스를 샀었다. 한데, 만 30세 이상에겐 일등석 티켓만 파는 것 아닌가. 하여, 어쩔 수 없이 한화 250만 원가량을 내고 석 달짜리 유레일패스 일등석 티켓을 샀다. 물론, 그 덕에 프라하도 가고, 함부르크도 가고, 나중에는 스위스와 이탈리아를 거쳐 스페인까지 갔다. 즉, 독일은 물론, 유럽의 다른 나라에까지 그 티켓으로 다닌 것이다. 그럼에도 불구하고, 가장 기억에 남는 건 말했다시피 '베를린-프랑크푸르트 구간'이다.

왜냐하면 프랑크푸르트로 가는 특실에 들어서는 순간, 자본의 냄새가 확연히 풍겨왔기 때문이다. 남자건 여자건 키 큰 독일인들이 모두 정자세로 반듯하게 앉아 정면을 응시하고 있었는데, 그 분위기가 마치 특급 호텔에서 하는 CEO 조찬 모임 같았다. 승객들은 모두 정장을 입고, 머리는 단정하게 정리했으며,

옷에는 머리카락이 혹시 한 올이라도 떨어져 있는 게 아닐까, 하는 표정으로 침묵을 지키고 있었다. '일정 금액 이하의 옷은 입지 말자'라고 약속이나 한 듯이, 하나같이 질 좋은 옷을 입고, 반짝거리는 구두도 신고 있었다. 물론, 내가 프랑크푸르트행 열차를 아직도 기억하는 건 이것 때문만은 아니다.

나는 그 숙연한 분위기를 탈출해, 식당차로 가서 소설이나 읽으려 했다. 하여 특실을 나와 짐칸을 지나다 그만 멈춰 설 수밖에 없었다. 그 짐칸에는 리모와(Rimowa) 수트케이스가 잔뜩 올려져 있었다. 그 광경은 마치 리모와 공장에 와 있는 게 아닌가 하는 착각이 들 정도였다. 그러니까, 은색 리모와 대형 캐리어, 은색 리모와 서류가방, 은색 리모와 파일럿 가방, 등이 마치 벽돌집의 벽돌처럼 쌓여 있다. 이렇게 해선 어느 게 슈나이더 씨의 것이고, 어느 게 하인리히 씨의 것인지 알 수 없다. 게다가, 어느 누구도 스티커 따윈 붙이지 않았다. 모두 산 그대로 올려놓은 것이다. 더욱이, 죄다 은색이었다. 저들 중에는 은행원도 있고, 기업인도 있고, 교수도 있고, 자영업자도 있을 것인데, 예외 없이 모두 은색 리모와 가방을 들고 탄 것이다. 마치 '프랑크푸르트행 열차의 저주' 같은 것에 걸려, 리모와 가방을 들지 않으면 안 되는 것처럼 말이다.

나는 이 진귀한 풍경을 2014년 겨울에 보았는데, 4년이 지난 지금까지도 잊지 않고 있다. 독일인들은 '이봐. 베를린에서 프랑크푸르트로 가는 기차를 타려면 일단 리모와 가방을 들어야 하네!'라는 교육이라도 받는 걸까, 하는 망상까지 했다. 기차가 간혹 햇빛이 비치는 구간을 지나면, 은색 가방들이 일제히 빛을 반사하는 바람에 실명할 것만 같았다. 그때 내가 받은 인상은 '독일인들은 은색을 상당히 사랑하는구나'였다. 이 프랑크푸르트행 기차를 타고 난 뒤로 '독일' 하면, 그 은색 캐리어들이 떠올라 너무나 골치 아팠다. 어느 정도였느냐면 그 잔상이 눈을 감아도 자꾸 어른거려 이듬해에 다시 베를린으로 가서 그 가방을 사왔을 정도였다(결국 나도 '프랑크푸르트행 열차의 저주'에 걸린 것이다).

그런데 비행기를 탈 때, 수화물로 그 가방을 몇 번 부치고 나니 표면에 검은 때가 자꾸 묻어 결국엔 스티커를 붙일 수밖에 없었다. 붙일 때마다 생각한다. '과연 그 프랑크푸르트행 승객들은 이런 검은 때가 묻을 때마다 알코올로 닦아내는 건가?' 여러모로, 대단한 독일인들이다.

'싸와디캅'과 웃음전도사협회

이 지면이 외국어 학습란은 아니지만, 태국어로 "안녕하세요?"는 '싸와디캅'과 '싸와디카'다. 남자는 "싸와디캅", 여자는 "싸와디카."

둘 다 합장한 채 인사한다. 남자건 여자건, 노인이건 어린이건, 국왕이건 빈자건, 입꼬리를 올리며 인사한다. 심드렁하거나, 화가 났다고 예외가 될 순 없다. 이건 딱히 인사를 하면 갑자기 기분이 좋아지거나, 건강이 좋아지기 때문이 아니다. '싸와디캅(카)' 중 '싸' '와' '캅(카)'이 'ㅏ' 모음이기 때문에 입꼬리가 저절로 올라가는 것이다. 게다가 'ㅏ' 모음이 없는 유일한 음절 '디'는 'ㅣ'

모음이다(이것도 발음하면 입이 벌어진다). 그래서 '이번에는 절대로 입꼬리를 안 올려야지!' 하고 다짐해도, 입이 주방장 양손에 쥐어진 수타 반죽처럼 좌우로 쭉 벌어질 뿐이다. 본인의 속사정과 상관없이, 기분이 좋아 입을 벌리고, 입꼬리도 올린 채 반기는 것 같다. 그렇기에 태국인들이 집단으로 인사하는 장면은, 마치 '웃음전도사협회' 회원들이 오랜만에 만나 경쟁적으로 입을 활짝 벌리며 환대하는 것 같다.

당연한 말이지만, 초면에는 이 방식이 좋다. 하지만, 전날 심하게 다툰 경우라면 골치 아파진다. 물론, 본체만체할 만큼 사이가 틀어졌다면 상관없다. 이 경우에는 적극적으로 무표정하게 있다가 하던 일을 계속해버리면 된다. 하지만, 전날 좀 다퉜다고 절교까지 하는 사람은 별로 없을 것이다. 대부분 약간 찜찜하더라도 인사 정도는 하기 마련이다. 이때 한국 같으면 눈에 힘주고, '흥!' 하는 마음으로 그냥 '안녕하세요' 하고 지나쳐버리면 끝이다. 하지만, 태국에서는 어쩔 수 없이 '싸~와~디-캅!' 하며 입을 잔뜩 벌리고 인사해야 한다. 합장까지 하면서 말이다(갑자기 존중하게 된다). 속으로 여전히 꿍해 있더라도, 엉겁결에 예의 바르게 웃게 된다.

남자의 경우엔, 끝음절이 '캅'이기에 다소 강하게 앙다물 수 있다. 적어도 입을 '아' 하고 벌리면서 끝내지는 않는다. 하지만, 여자의 경우에는 '아' 하고 입을 벌리는 꼴로 인사가 끝나버린다. 상대 앞에서 절대 웃고 싶지 않은 경우라도 어쩔 수 없이 '아' 하고 입을 벌리게 된다(어쩔 땐 이미 싸워놓고 인사만 하면, '아–' 하고 나도 한 입 달라는 것 같다). 결과적으로 여성이 더 불리하다. 그렇다고, 적어도 화가 났을 때에는, "여자도 '싸와디캅!'이라 하자"라는 캠페인을 벌이기도 애매하다. 만약 정말로 '싸와디캅!' 하고 말하면, '흥. 쟤는 아직도 나한테 화난 거잖아' 하며, 사이가 더 나빠질 수도 있다. 그러니, 결국은 '싸와디카' 하며 웃듯이 입을 벌리게 돼버린다.

　작년 겨울, 원고 작업을 하러 태국에 두 달간 머물렀다. 그런데, 숙소 지붕에 쥐가 소란스레 오가서, 어쩔 수 없이 컴플레인을 했다. 불편한 이야기를 주고받으니, 결국 주인과의 관계가 어색해졌다. 나는 '이렇게 불친절한 숙소, 당장 떠나버릴 거야!'라고 여겼지만, 사실 갈 데가 없었다. 하여, 다음 날 아침 주인을 만났을 때 간단히 인사를 하지 않을 수 없었다. 합장은 했지만 가능한 한 'ㅏ' 모음을 발음하지 않는 형태로, 즉 'ㅡ' 발음을 하듯 입을 안 움직이며 인사하려 했지만, 결국은 '으으으으' 하며 웃는 모양이 되고 말았다. 마치 안 웃으려 버티지만, 간지럼을 타서 웃는 사람처럼 말이다. 그러자 상대 역시 합장을 하고, '싸~와~디-카~!' 하며 입을 잔뜩 벌리고 발음하니, 신기하게도 전날의 불편한 기운이 허공으로 스리슬쩍 증발해버렸다. 이후에도 불편한 일을 겪더라도, 결국은 '싸~와~디-캅!' 하면 놀랍게도 은근슬쩍 없던 일이 돼버렸다. 한 국가의 언어에 이렇듯 'ㅏ' 모음으로만 구성된 인사말이 있으면, 어렵지 않게 갈등 해소를 할 수 있다. 먼저 사과하기를 주저하는 사람에게는 편리한 방식이다. 부럽기도 하다. 심심해서(대체로 작가는 한가하니까) 우리 인사말을 '안냥하사야'로 해봤다. 확실히 입꼬리기 올라가고 입도 '헤에-' 벌어진다. 그렇다고, 이제 와서 인사말을 바꿀 수도 없다. 이 때문인지 한국에서는 사과할 일이 생기면, 미루지 않고 하는 수밖에 없는 것 같다.

어찌 보면 한국인으로 산다는 것은 먼저 사과하지 않으면, 쉽게 갈등이 해결되지 않는 삶을 사는 것 같기도 하다.

✳

그런데, '헬로'는 좀 놀리는 것 같고, '구텐 탁!'은 좀 싸우자는 것 같지 않나요?

　(헬로~ 헬로~ 헬로~ 헬로~ 헬로롱).

싱가포르와 고소공포증

글을 쓰고 있는 지금은 트럼프와 김정은이 악수를 막 나눈 직후다. 어째서 이 역사적인 순간에도 글을 쓰고 있느냐면, 이게 바로 생계형 작가의 삶이다. 칠십 년간 이어진 적대관계가 해소되는 순간에도 마감을 지켜야 하는 게 문필업 종사자의 운명인 것이다. 뭐, 이건 내 사정이고, 이 책은 여행 에세이니까, 말 나온 김에 싱가포르에 대해서 써보자.

자랑은 아니지만, 3년 전 싱가포르 관광청의 초대를 받아 다녀왔다(싱가포르 슬링을 공짜로 잔뜩 마셨다. 이건 자랑이다). 당연한 말이지만 조건이 있었는데, 관광청이 추천하는 '센토사섬(북미정상회담이 열린 바로 그 섬)'에 가서 여러 체험을 하고 글을 쓰는 것이었다.

그중 반드시 해봐야 하는 게 있었는데, "아이 스카이"라는 '실내 스카이다이빙'이었다. '실내 스카이다이빙'이라니. 스카이다이빙은 말 그대로 '하늘에서 뛰어내리는 것'인데, 어떻게 실내에서 '스카이다이빙'이 가능하단 말인가. 이 이율배반적 표현을 듣자, '뜨거운 아이스크림' '데워 먹는 수박' 같은 (요컨대, 어불성설인) 조합들이 떠올랐다. 실내에 하늘이 있단 말인가? 그렇다면 그건 하늘이 아니라, 장내 아닌가. 그럼, '실내(에서) 스카이(로 가지 못한 설움을 달래는) 다이빙'의 준말인가 따위의 물음이 머릿속에서 유영했지만, 잠자코 요청받은 대로 했다(나는 생계형 작가니까). 해보니, 원리는 이랬다. 실내에 거대하고 투명한 관이 있다. 사람(나를 제외하면, 모두 초등학생들)이 스카이다이빙복을 입고, 유리관 안으로 들어간다. 그럼 유리관 바닥에 촘촘하게 뚫린 구멍으로 어마어마한 바람이 나온다. 살면서 그토록 강한 바람은 맞아본 적이 없었는데, 바닥에서 올라온 바람 때문에 내 볼살이 이마를 향해 진격하는 걸 경험했다. 입을 벌리고 있으면 그

태풍 같은 바람이 '이때다!' 하며 습격해, 내 삶에서 향후 십 년간 생성될 침을 단번에 말려버린다. 이 바람 덕분에(?) 몸이 자연히 붕 떠오른다. 15미터 높이까지 올라간다. 그러면 이때부터 기기 작동자는 '사실 저 월미도 출신이에요'라고 커밍아웃하듯 바람의 세기로 장난을 친다(앗, 저는 '월미도 바이킹' 무섭단 말이에요!). 그리고 여태껏 영화 〈오즈의 마법사〉에서 캔자스 농가를 날려버렸던 토네이도가 울 만큼 강력했던 바람이 갑자기 확 약해져버린다. 그러면 내 몸이 뚝 떨어지다가, 십 미터 높이에서 딱 멈춘다. 인간이 가장 큰 공포를 느끼는 높이에서 말이다. 그렇게 위로 올라갔다 내려왔다, 좌로 날렸다 우로 날렸다, 마치 신장개업한 치킨 집 앞의 공기 인형처럼 이리저리 날려 다닌다.

정신없이 날려 다니다가, 불현듯 섬뜩한 걱정이 떠올랐다. 이때 걱정한 것은 딱 한 가지였다. '어, 갑자기 정전이 되면 어쩌지?' 물론, 싱가포르의 전력 수급은 넉넉할 것이다. 정전이 되더라도, 발전기가 얼마간은 돌아갈 것이다. 하지만, 발전기마저 고장이 났다면? 느닷없이 천재적 해커가 '싱가포르는 왜 언론의 자유가 없는가!' 하며 도시 전체의 컴퓨터 시스템을 셧다운시키면? 그때 하필, 내가 15미터 높이에 있다면? 이런 생각을 하니

플래시가 팍팍 터지고 있지만, 도저히 웃을 수가 없었다(이들은 내 사진을 찍어서 미화 15달러에 판매했다. 글을 실을 잡지사에서 사진을 내야 했기에, 어쩔 수 없이 샀다. 여러 장으로…). 초등학생들은 신이 나서, 두 번 세 번, 심지어는 네 번까지 반복했다. 이때 아빠들의 표정은 울상이 되었다. 한 번 타는 데 미화 150달러였기 때문이다. 어쨌든, 겁에 질린 나로서는 한 번 더 탈 엄두조차 내지 못했다.

결국, 이 일 때문인지, 고소공포증이 생겼다. 요즘에는 구름다리를 지날 때면, 허벅지마저 떨린다. 밑을 보면 정말이지 울어버리고 싶다. 어쩌다 이리 됐을까. 어릴 적의 나라면, 싱가포르의 그 초등학생보다 더 많이 탔을지 모른다. 네 번이 아니라, 열 번까지 탔을지 모른다(물론, 그 전에 아버지 손에 끌려가겠지만…). 아마, 그 초등학생은 해커의 음모 가능성 따윈 염두에 두지 않았을 것이다. 인생은 경험을 쌓는 것이고, 좀 과장하자면 공포를 쌓는 것이다. 게다가 그 공포는 상상으로 더 발전한다. 나이를 먹을수록, 경험한 공포에 상상한 공포까지 더해지는 것이다. 그래서 '나이를 먹는 건 겁을 먹는 것'이란 말에 깊이 공감한다. 오늘의 결론은 이리하여 제가 겁쟁이가 됐다는 겁니다. 흑흑.

기차와 생맥주

그나저나 김정은이 악수하며 말했다. "모든 것을 이겨내고, 이 곳까지 왔습니다." 나 역시 생각했다. 정말 오랜 세월이 걸렸구나. 힘겹게 갔으니, 간 김에 실내 스카이다이빙 한번 하면 어떨까, 하고(나만 당할 순 없다!). 기왕이면 커플처럼 트럼프랑 똑같은 비행복을 입고, 손도 잡고, 허공에 붕 떠서 웃으면서, 찰칵! 그럼, 정말 역사적일 텐데. 싱가포르 전력의 우수성을 입증할 좋은 계기이기도 하고….

하와이의 매력

결혼은 완전히 다른 두 개의 우주가 만나서, 20평 내외의 아파트에 몸과 영혼과 라이프스타일을 구겨 넣는 것이다. 그 큰 우주가 살 맞대고 사니, 어찌 충돌이 없으랴. 이를 처음으로 경험한 것은 신혼여행 때였다. 아내는 하와이의 바다를 보며 연신 감탄하다, 내게 문득 동의를 구했다. "너무 아름답지 않아?" 그때 '내 우주는 스스로 축소하기로 한 지' 48시간이 채 되지 않았다. 달리 말해 여전히 '정직을 최선'으로 여기고, 타협과 위선이라고는 없는, 즉 사회성이라곤 1그램도 없는 상태였다.

"어. 난 그냥 해운대 같은데?"

공격성이 전혀 없는 이 단순한 사실 평가는, 감탄과 감복을 열심히 실행 중인 우주에게 이렇게 번역됐다.

"싸우자, 싸우자, 싸우자, 싸우자 × ∞."

알고 보니 결혼은 두 개의 우주가 만나서, 하나의 우주를 시원하게 인수 합병하는 것이었다. 나는 수제 버거를 먹으며, 오픈카를 운전하며, 수영한 뒤에 몸을 닦으며 인수 합병 프러포즈(즉, 설교)를 계속 들었고, 결국 내 우주는 아내의 우주로 들어가 평화롭게 사라지는 길을 택했다. 위안 삼을 것이 있다면 이 모든 결정이 내 자발적 의사로 이뤄졌다는 점(자존심은 지켰다!).

내 우주가 소멸하니, 근원적인 변화가 일어났다. 우선 싫어하던 치킨을 먹기 시작했고(이상하게 내가 경험한 모든 뒤풀이가 결국은 치킨을 먹기 위한 자리였기에), 같은 이유로 싫증내던 삼겹살을 다시 먹게 됐고, 놀랍게도 하와이를 그리워하게 됐다. 해운대 같고, 빌딩 가득하고, 뭐든지 띄엄띄엄 있어 다니기 불편하고, 다운타운은 경기도 외곽의 아울렛 같은 이 섬을 그리워하는 기적이 일어난 것이다. 그렇다, 사르트르는 옳았다. 먼저 무엇인가 결론을 내린 뒤('하와이는 멋지다'), 차분히 생각해보면 잠자던 뇌의 해마들이 열심히 운동해, 그 결론에 도달하는 다리를 지어낸다 ('하와이는 지상 낙원이다').

나는 이 현상에 대해 골몰하지 않을 수 없었다. 아무리 결론을 맞춰놓고 걸맞은 논리적 근거를 찾는다 해도, 그 근거에는 최소한의 '합리성'이 존재해야 한다. 그렇지 않다면, 결론에 이르는 논리적 다리는 무너지기 마련이다. '하와이는 멋지다'라는 결론에 닿는 논리적 다리가 무엇일지 고민했다. 바닷물은 세이셸 공화국이 더 깨끗하고, 해양생물은 갈라파고스제도가 많고, 리조트는 몰디브를 따라갈 수 없다. 휴가비의 경제성은 푸켓을 이길 수 없다. 과연 무엇이 '여름' 하면 하와이를 떠올리게 하는가.

그러다 작년 여름, 굉장히 멋진 셔츠를 한 벌 발견했다. 무려 1982년에 바하마에서 생산된 빈티지인데, 셔츠 중앙에는 오렌지빛 저녁노을이 지고 있었고, '내가 빠질 수 없지'라는 식으로 검은 실루엣의 야자수가 당당하게 그려져 있었다. 요컨대, 완벽한 여름 셔츠였다. 나는 넋을 잃은 채 "우와! 바하마에서 왔어요? 진짜 희귀하네요!"라며, 바하마 셔츠를 입고 홍대 거리를 걸을 패셔너블한 소설가 최민석을 머릿속으로 그려봤다(길을 비켜라, 바하마 셔츠 나가신다). 그 감동의 세계에 흠뻑 빠져 헤어나오지 못하고 있었는데, 점원이 사무적으로 말했다.

"그 하와이안 셔츠의 가격은…."

비록 점원의 대답은 내 환희에 찬물을 끼얹었지만, 어찌 보면 거기엔 하와이의 매력에 대해 품어온 내 질문에 대한 답이 있었다. 바하마 셔츠가 아니라, 하와이안 셔츠다. 즉, 하와이의 매력은 '오리지널리티'였다. 꽃무늬 셔츠는 물론, 서핑도, 우쿨렐레도, 훌라댄스도, 꽃목걸이인 레이(Lei)도…… 우리가 '여름' 하면 떠올리는 이미지의 대부분이 하와이에서 온 것이었다. 나는 '오리지널리티의 위대함'을 믿는다. 고유의 창작물이 세상에 더해질 때, 무수한 변형물들이 생겨나 삶은 더 풍요로워진다. 사실 그간 내가 몰라서 그랬지, 하와이는 제 나름대로 여름을 더 여름답게 하고, 이 세상을 더 세상답게, 지구를 더 지구답게 만들어온 것이다. 이리하여, 나는 하와이가 가진 오리지널리티의 힘에 완전히 설득당하고 말았다.

끝으로, 결혼은 두 개의 우주가 만나, 하나의 우주가 미처 깨닫지 못한 것의 매력을 일깨워주는 친절한 설득 과정이다, 라고 말해야 아내가 기뻐하겠지. 여보 사랑해요(저 용돈 좀 올려주세요!).

추신: 해운대가 별로라는 말은 아니니, 오해 마시길. 그만큼 와이키키가 친숙하게 느껴졌다는 뜻일 뿐이에요. (해운대 주민 여러분, 해운대를 사랑하시는 여러분, 사랑해요!)

우리는 왜 지겨워진 일을 반복할까

2018년에 무라카미 하루키는 일본 TBS에서 1일 DJ를 했다. 산문집《무라카미 라디오》를 낸 이력에 맞춰 '무라카미 라디오'란 이름으로 애청곡을 한 시간쯤 들려줬다. 그런데 2018년임에도 불구하고, 그는 1960~70년대의 곡을 골라왔다. 무라카미 하루키는 1947년생이니, 한국식으로 치자면 1966년에 스무 살이 됐다. 7년간 재즈바를 운영했고, LP는 만 장, CD는 자신도 헤아릴 수 없을 만큼 많이 소장하며, 평생을 음악과 함께 보냈는데, 애청곡은 자신의 이십 대를 벗어나지 않은 것이다. 세계적인 인기 작가에게 묻어가서 미안하지만, 사실 나도 그렇다. 밴드를 하며 음악을 많이 접했지만, 스무 살이던 1995년의 음악에서 아직도 벗어나지 못했다. 그때는 음악을 진정 음악으로 접했는데, 그 후에는 어쩐지 음악이 평가의 대상이 돼버렸다. 즉, 스무 살에 접한 음악이 평생 친구가 된 것이다.

이 글은 여행 에세이니까, 이야기를 그에 걸맞게 바꿔보자. 처음으로 해외여행을 한 것은 24살 때였다. 복학 후 아침부터 저녁까지 영어 공부를 하다가, 영어권 나라에 한 번도 못 가봤다는 사실에 화가 나 밴쿠버행 표를 끊었다. 첫 여행이 자극제가 됐는지, 그때 화가 제대로 안 풀렸는지, 2년 뒤에는 미국에 교환학생으로 갔다. 떠나기 전, 석 달 정도 시간이 남았는데 내친 김에 일본도 체험할 겸 도쿄에서 지냈다. 이 모든 게 24살에서 26살 사이에 일어났다. 그런데, 살면서 무수한 음악을 들어도 스무 살 언저리의 음악이 결국 입에서 맴돌 듯, 꽤 많은 여행을 했지만 이십 대 초중반에 한 여행은 뇌리에 선명히 새겨져 지워지지 않는다.

처음으로 일본에 갔을 때 나리타 상공에서 보니, 아기자기한 차들이 반대 방향으로 가고 있었다. 운전자들 역시 왼쪽에 앉아 있었다. 생맥주의 거품은 소복이 내린 눈처럼 보였고, 조각 케이크는 정말 말 그대로 조각상처럼 반짝반짝 빛나고 맛도 부드러웠다. 반면 미국은 착륙하기도 전에 광활하고 드넓어 보였고, 자동차 역시 바퀴 하나가 일본 자동차만 해보였다. 교환학생을 마치고, 친구를 만나러 간 뉴욕은 그야말로 스크린으로만 봐오던 '비현실적 세계'였다. 눈앞에 노란 택시가 지나가고, 뒷골목을 걸으면 어느덧 다가온 껄렁한 남자가 "이봐, 좋은 물건 있다고" 하며 랩 하듯 말했다(나는 "I don't smoke"라며 거절했지만, 영화 속 인물처럼 성가시다는 듯 답하려 노력했다). 이 경험들이 내 안에 밀봉돼 있던 유목민 기질의 코르크 마개를 열었다. 그리고 그 기질은 결국 유럽행 비행기에 몸을 싣게 했다.

로마에서는 몇백 년도 더 된 숙소에서 잤고, 수천 년도 더 된 유물이 거리에 뒹굴듯 전시된 것도 봤다. 거리에는 원색의 집들이 잘 가꾸어진 정원의 꽃들처럼 줄지어 있었기에, 한동안 그 집들만 멍하니 보기도 했고, 현지인들이 내게 무슨 짓을 하건, '그라아~찌에'라고 답했다(소매치기만 안 당하면 모든 걸 고맙게 여기기로 했고, 소매치기당했을 땐(!) 아무 말도 할 수 없었다). 몇 시간만 기차에 타고 있으면 국경이 바뀌고, 언어가 바뀌고, 때론 화폐도 바뀌는 경험은 한곳에서만 이십 년 넘게 살아온 내 감각과 생각의 틀을 깨고, 나라는 한 인물의 자아를 그 세계만큼 확장해주었다. 그 강렬했던 이십 대의 경험은 영혼에 문신처럼 달라붙어, 방랑과 변화의 길로 줄곧 인도했다. 어쩌면 그래서 소설가가 됐는지 모르겠다. 일상을 살면서 원고 속으로라도 상상의 여행을 떠나고 싶었으니까.

인생이 비참한 건, 시간이 쉬지 않고 흐르기 때문이 아니다. 그 시간이 흐를수록 우리에게서 설렘을 앗아간다는 것이다. 시간이 흘러 삼십 대를 지나 사십 대가 됐고, 슬프게도 나는 이 모든 도시에 시큰둥해졌다. 다시 간 이탈리아에서는 운 나쁘게도 무뢰한들을 계속 마주치게 됐고, 도쿄의 아기자기한 음식과 생맥주는 어느새 집 앞 가게에도 즐비한 것이 돼버렸다. 그 사이 뉴욕은 세계 최악의 교통지옥이 됐다. 반대급부로 서울의 삶에 만족하는 것도 아니다. 생의 시곗바늘이 '설렘과 만족은 줄고, 권태와 불편이 느는' 영역에 도달한 것이다. 종종 떠올린다. 다시 이십 대에 맛본 여행지의 흥분을 느껴볼 수 있을까. 아마, 실패할 것이다. 경험이 쌓인다는 것은 그만큼 새로운 것을 잃어버린다는 뜻일 테니까.

기차와 생맥주

연신 이십 대 때 음악만 선곡하는 무라카미 하루키를 보니 궁금했다. 이 음악들이 지겹지 않았을까. 인간이라면 그랬을 것이다. 그런데도 그는 자신이 보낸 청춘 시절의 음악을 듣고 있었다. 그렇다면 '그는, 우리는, 왜 지겨워진 일을 반복할까.' 부끄럽지만 이렇게 생각한다.

아마 해방된 영혼이 맛본 첫 자유만큼이나 달콤한 것이 없기 때문일 것이라고. 그 자유가 지겨워질지라도 결국은 그 맛이 그리워, 우리는 들었던 음악을 또 듣고, 가봤던 여행지를 또 가는 것이라고. 따지고 보면, 나도 이십 대에 느낀 그 여행의 설렘 때문에 여전히 짐을 꾸린다. 예전만큼 설레지 않을진 몰라도 몸 어딘가 생활의 이끼가 끼면, '그래, 이번에도 어디 한번⋯ 응' 하며 여권을 챙긴다. 먼 훗날 요양원에 입원해 옴짝달싹 못하지만 않는다면, 아무래도 여권을 들 힘만 있다면, 또 실망할지라도, 계속 떠날 것 같다. 몸이 살아 있는 동안은, 기대도 살아 있을 테니까 말이다.

'에구구. 승무원 양반 휠체어 좀 밀어주시겠소. 에취.'

아이리쉬 펍과 소설

한때 맥주에 빠져 맥주 기행을 다녔다. 벨기에, 일본, 독일, 체코 등지를 다녔는데, 다녀와서 가장 기억에 남는 나라는 아일랜드였다. 어느 나라에 가건, 당연하다는 듯이 '아이리쉬 펍'이 있었기 때문이다. 자동차는 독일제, 가구는 노르웨이산, 술집은 아이리쉬 펍이 공식이라는 것처럼. 그런데 세계 각국에 있는 아이리쉬 펍과 진짜 아일랜드에 있는 펍은 차이점이 있다. 아일랜드의 모든 펍이 그런 건 아니지만, 웬만한 규모의 도시라면(예컨대, 골웨이, 코크 정도) '라이브 공연'을 하는 가수가 있다. 민속음악이건, 재즈건, 포크송이건 장르에 상관없이, 최소 한 팀이 연주한다. 그리고 손님들은 그 뮤지션 앞에 모여서 음악을 감상한다. 물론 바에 턱을 괸 채 느슨하게 감상하는 이도 있지만, 웬만해선 연주 중에 대화도 하지 않을 만큼 집중한다. 그리고 신기하게도 연주가 끝나면, 경주하듯 서로 대화를 쏟아낸다. "어. 이거 내 옷이잖아?" "우리 집 앞에 자네 개가 똥을 쌌던데!" 따위의 대화다. 요컨대, 음악과 관계된 대화는 전혀 없다. 아일랜드에서 열흘 남짓 펍에 가며 귀를 쫑긋 세웠지만, 연주 후 음악에 대해 말하는 이는 아무도 없었다.

그때 순례한 펍은 약 스무 군데에 달하니, 하나의 경향성이라 해도 좋을 만하다. '연주 후 음악 이야기를 반드시 안 하는 것은 아니지만, 대부분 하지 않는다' 정도는 되는 셈이다. 굉장히 집중해서 듣다가, 마지막 음이 끝나는 순간을 기다렸다는 듯 대화를 터트리는 관중을 어찌 이해해야 할까. 연주를 참고 기다려준 것일까. 아니면 '혹시 뮤지션이 들을지 모르니 음악적 평가는 하지 말자'라는 게 아이리쉬 펍의 분위기인 걸까. 나라면 꽤 신경쓰겠지만, 놀랍게도 뮤지션 역시 그다지 개의치 않는다. 그렇기에, 연주가 끝나면 어느 쪽이건 박수 한번 세차게 쏟아내고, '자! 끝! 이제 우리 인생 새로 시작합시다'라며 리셋하는 것 같다. 이럴 거면 왜 그렇게 진지했냐고 따지고 싶을 정도다. 연주자에게도 이리 쿨하게 갈 거면, 왜 그리 땀 흘리며 기타를 퉁겼냐고 묻고 싶다. 하지만, 손님들은 기네스 파인트 잔을 들고 웃으며 떠들고, 뮤지션은 밖에 나가서 담배 한 대 피우고 그 공연을 완전히 끝낸다.

　내가 이 기분을 이해하게 된 것은 소설가로 데뷔하고 5년이 지난 때였다. 《풍의 역사》라는 장편소설을 야심차게 냈는데, 세상은 마치 연주가 끝난 후의 아이리쉬 펍 같았다. 물론, 이 전에는 소설을 냈을 때, 세상이 내 작품으로 떠들썩했다, 라는 이야기는 절대 아니다. 내 작품은 언제나 세상의 고요에 일조했다. 나는 늘 고요했던 세상에서, 고요하게 반품 중인 내 책을 떠올리며, 고요하게 글을 썼다. 그러다 어느 날 내가 글을 쓰는 카페에서, 어깨를 들썩이며 내 소설을 읽는 손님을 봤다. 그 손님은 웃다가 눈물도 훔쳤다. 내가 작업하는 카페는 독자들에게 알려졌기에, '혹시 일부러 찾아온 건가?' 싶어 은근히 신경쓰였지만, 그 독자는 나와 눈이 마주치자 '쌩' 하고 나가버렸다. 얼마 후 어느 가을날, 공교롭게도 이번에는 한 젊은 남자가 공원 벤치에 앉아 《풍의 역사》에 밑줄을 그으며 읽고 있었다. 그런데 그 역시 나와 눈이 마주치자 '뭐, 어쩌란 거죠'라는 표정을 지어보였다(제가 죄송합니다. 흑흑). 이런 일은 몇 번 더 있었지만, 매번 아이리쉬 펍에서 연주가 끝난 상황 같았다. 나는 펍의 연주자처럼 《풍의 역사》를 한여름에 땀 흘리며 썼다. 독자들 역시 펍의 관객들처럼 몰입해서 읽어줬다. 그리고 감상을 끝내자마자 '얍! 리셋!' 하는 식으로 새 삶을 시작했다.

그리고 《풍의 역사》는 신기록을 선사했다. 내 소설 중에서도 압도적으로 열렬한 독자의 외면을 받아, 가장 저조한 리뷰 수를 기록한 것이다. 그렇기에 나는 오래전 빗방울이 떨어지던 아이리쉬 펍 지붕 아래서 담배를 피우던 그 연주자를 종종 떠올렸다. 그 역시 《풍의 역사》를 내고 난 후의 내 기분과 같았을까, 하고 말이다. 그렇게 지내다 어느 날, 톨스토이의 말을 접했다.

"예술 작품에 대해 이렇다 저렇다 말하는 것은 쓸데없이 시간을 보내는 것이다. 예술은 오직 자신만의 언어로 말하며, 예술에 대해 말하는 것이 쓸모없다는 것을 알고 있는 사람이야말로, 진실로 예술 작품을 이해하고 헤아리는 사람이다."

그 연주자는 음악이란 오직 12음계의 언어로만 완성될 수 있다는 것을 알았던 걸까. 그래서 첨언이 필요 없다는 것을 알았던 걸까. 소설 역시 오직 작품 속 단어들로만 완성되고, 그것으로 충분하다는 사실을, 나는 이제야, 몇 년이 지나고 또 한참 후에서야, 조금은 이해할 것 같다.

추신: 톨스토이가 매번 맞는 말을 하는 건 아니다.
"예술은 사람들을 하나로 결합하는 수단이다"라고 했는데, 내 작품을 읽은 사람 중 다수가 내게서 멀어져갔다.

작가가 살기 좋은 도시 2

　혹시 기억할는지. 내가 이 지면에 '작가가 살기 좋은 도시'
는 바로 아일랜드의 '딩글'과 '골웨이'라고 썼던 것을. 정확히 일
년이 지난 시점에 같은 소재로 다시 글을 쓰는 이유는 완벽
성을 기하는 내가 일 년간, 그러니까 지난 365일, 8,760시간,
525,600분, 31,536,000초 내내 이미 발표한 글일지라도 미비점
을 개선하고자, 전전긍긍, 전전반측, 노심초사, 좌불안석하며 고
민해왔기에 같은 소재를 써서, 권토중래, 사회부연하길 학수고
대해왔다., 라기보다는 이미 써먹은 소재를 우려먹기 좋아하기
때문이다.

아일랜드에는 대문호가 많다. 제임스 조이스, 사뮈엘 베케트, 오스카 와일드, 조지 버나드 쇼…. 여기에는 아일랜드의 가을 날씨가 꽤 많이 이바지했다고 여긴다. 내가 방문했을 때 역시 가을이었다. 그렇기에 '아. 이런 날씨라면 원고지 십만 매라도 쓰겠어'라고 감탄했다. 왜 가을에 글쓰기가 좋을까. 구체적으로, 왜 가을 날씨가 좋은 곳에서 글쓰기가 좋을까.

일단, 봄이 긴 곳에서는 세상이 푸르니 마음이 싱숭생숭해진다. 찬란한 풍경에 들떠 원고에 집중할 수 없다. 하지만 가을이라면 달라진다. 세상은 차분해지고, 내면에 집중할 수 있다.

더운 지방에서는 가는 곳마다 끈적끈적하고, 모기가 달라붙는다. 에어컨을 틀어도, 에어컨 바람을 장시간 쐬면 한기가 들어 집중할 수 없다. 더운 나라 출신의 대문호가 누가 있는지 떠올려보면 알 것이다(떠오르지 않는다).

가을 날씨가 가장 좋겠지만, 여의찮다면 추운 곳도 나쁘지 않다. 그래서 요즘엔 알래스카의 앵커리지나 미네소타의 시골에도 관심이 간다. 오로라를 볼 수 있는 캐나다 북부도 좋다. 이런 곳에서 두꺼운 빨간색 체크무늬 셔츠를 입고, 적당히 헐거운 워커를 신고 산책한 후 글을 쓰며 지내고 싶다. 물론, 곤란한 점도 있다. 춥고 한산한 곳은 해가 일찍 진다는 것이다. 겨울이면 해가 늦게 떠, 오후 서너 시 정도면 저버리는 곳도 많다. 대체, 이런 곳에서 어찌 글을 쓸 수 있겠느냐고? 말이 나온 김에 해보자면, 오히려 이런 곳이 글을 쓰기에 적당하다(물론, 최고는 가을 날씨가 좋은 곳이지만).

왜 러시아에서 도스토옙스키와 톨스토이, 그리고 체호프 같은 대문호가 많이 탄생했을까. 왜 겨울이 우울한 독일에서 니체, 쇼펜하우어, 괴테 같은 문필가가 탄생했을까. 이런 말은 좀 미안하지만, 겨울에 할 일이 없기 때문이다. 겨울에 백곰과 춤출 생각이 아니라면, 러시아의 한겨울을 나는 사람은 택해야 한다. 보드카를 마시며 인생을 한탄하거나, 글을 쓸 것. 서너 시면 해가 퇴근하는 독일에서 겨울을 나는 사람이라면 택해야 한다. 추운 겨울에도 맥주를 마시며 더 추워지거나, 글을 쓸 것. 그렇기에 쇼펜하우어의 글들이 하나같이 염세적이고, 도스토옙스키의 소설들이 하나같이 죽기 직전의 사람처럼 우울하지만, 그래도 이 사실 하나만은 변함없다. 인생을 낭비하고 싶지 않은 인간이라면, 혹한의 추위에 뇌를 얼게 하느니, 차라리 글을 쓴다는 것을.

더욱이 이런 나라들(핀란드, 아이슬란드, 스웨덴 등)은 더운 나라에 비해 겨울이 길다. 그러니 글을 쓸 수 있는 시간도 그만큼 더 길어져서 좋다. 사담이지만, 햇살이 눈부신 날은 얼마 되지 않으니, 영화나 드라마를 맘 놓고 찍기도 어렵다. 그렇기에 아이슬란드에서는 일 년에 영화가 12편 제작된다고 한다. 미안한 말이지만, TV나 영화가 끔찍이 재미없다는 것이다. 양이 많은 곳에서 질도 향상되는 법이니까. 반면, 아이슬란드에는 인구 열 명 중 한 명이 작가다. 이러니, 마포구보다 인구가 적은 33만 명의 나라에서 노벨 문학상 수상자가 줄줄이 나온 것이다. 정리하자면, 차라리 추운 곳이 작가가 살기 좋은 도시다. 겨울은 길고 즐길 것은 빈약하니, 글을 읽거나 쓰는 게 현명한 월동대책이다. 베를린, 레이캬비크, 앵커리지, 미니애폴리스 어디든 상관없다. 손가락만 얼지 않는다면, 글은 쓸 수 있으니까.

그럼, 나는 이때껏 어디서 써왔냐고? 사실, 나는 마포구 합정동에서 주야장천 썼다. 여기의 가을은 제법 낭만이 있고, 겨울에는 시베리아 못지않게 추우니까. 물론, 여름은 지옥불처럼 덥지만, 상관없다. 나는 내면이 차가운 도시 남자니까. 봄에는 미세먼지 가득하지만, 상관없다. 나는 내면이 공기청정기보다 맑은 순수한 남자니까. (벌써 책을 덮지 마세요. 제발~.)

그레이하운드와 할리맨

미국 본토는 네 개의 시간대가 존재할 만큼 넓다. 국내 이동도 비행기로 해야 하는 나라인데, 값싼 버스인 '그레이하운드'는 미 전역은 물론, 캐나다까지 간다. 비행기로 다녀야 할 거리를 버스로 다닐 땐, 두 교통수단의 가격 차이만큼 육체가 값을 치러야 한다. 열 시간 이상 좁은 버스에 몸을 구겨 넣어야 하는 것이다. 그 탓에 그레이하운드에 관한 호기심은 오랜 시간 내 육체의 노곤함을 이기지 못했다. 그러다 워싱턴 D.C.에서 뉴욕까지 갈 일이 있었는데, 네 시간이면 갈 거리였다. 이때다 싶어 '그레이하운드'를 탔다.

고작 네 시간을 탔고, 십 년이 훌쩍 지났지만, 아직도 뇌리에 생생한 게 있다. 그건 바로 버스 뒤 칸에 승객이 아니라, 오줌이 인간 질량만큼 기체화되어 탑승하고 있었다는 것이다. 대륙을 휘젓고 다니는 버스답게 제일 뒤 칸에 화장실이 있었고, 그 화장실 냄새는 미국의 인종 구성만큼이나 복잡하고 오묘했다. 세계의 모든 인종이 신체로 생성할 수 있는 악취를 한데 모아 농축한 느낌이랄까. 어찌 됐든 인생에서 후각 기능이 사라지길 간절히 바란 네 시간을 보낸 후 깨달았다. 돌아갈 땐 반드시 앞자리에 앉아야 한다는 것을. 그리고 선착순인 이 시스템에서 살아남기 위해선 승차장에 일찍 도착해야 한다는 걸. 학습효과 덕에 일찍 당도한 승차장엔 역시나 나보다 일찍 온 승객이 있었다. 버스가 도착하고, 그가 올라탄 뒤에 나는 놀라지 않을 수 없었다. 제일 먼저 버스에 오른 그는 뚜벅뚜벅 걸어 화장실 바로 앞자리에 앉았다. 마치 방광염 중증 환자라도 되는 듯이.

이 백인 남자는 아무리 봐도 '그레이하운드'가 아니라, '할리데이비슨'을 타고 있어야 할 것 같았다. 이마가 벗어졌음에도 머리를 잔뜩 길러 뒤로 묶었고(그래서 '청나라에 거주하는 서양 사신' 같았다), 가죽조끼 옆으로 드러난 팔뚝은 홍콩 하늘을 뒤덮은 간판처럼 타투가 점령하고 있었다. 가죽벨트 위로 튀어나온 배는 허벅지와 만나고 있었다. 그가 화장실 앞 칸에 앉은 이유는 명확했다. 연신 캔맥주를 들이켰기 때문이다. 옆자리에 놓은 보스턴 백 안에는 캔맥주가 빽빽이 들어차 있었다. 워싱턴에서 뉴욕까지 가는 네 시간 동안 그 맥주를 다 마셔버릴 계획인 듯했다.

애로는 화장실에 갈 때마다, 그에게 검사받는 기분이 들었다는 것이다. 내가 화장실에 갈 때마다 그는 미국인 특유의 '애매한 미소'를 건넸는데, 내 경험에 따르면 미국인에겐 두 가지 미소가 있다. 첫 번째는 식당에서 서빙 직원이 짓는 '자판기식 친절 미소('팁 많이 줘야 해')이고, 두 번째는 애매한 장소에서 애매한 관계끼리 짓는 '애매한 미소'다. 이 '애매한 미소'는 장소에 따라 여러 가지로 해석된다. 뉴욕의 뒷골목이라면, '좋은 물건 있는데, 관심 있소? 형씨', 남부 시골이라면 '우리 동네에 왜 왔어? 풋내기', 싸구려 모텔의 문 앞이라면 '내 인생은 그저 그러니까, 행복한 표정 짓지 마, 머저리 자식!', 뭐 이렇게 활용된다. 그날 적어도 내가 느낀 그레이하운드의 미소는 다음과 같이 해석됐다. '네 방광은 고양이 오줌보냐? 왜 자꾸 들락거려!'

위싱턴에서 맥주를 너무 마신 탓에, 세 번째로 화장실에 갈 때에도 그는 예의 그 '애매한 미소'를 지었다. 나 역시 어찌할 바를 몰라 '애매한 미소'로 답했는데(전 영어도 잘 못하고, 마약도 하지 않습니다. 가진 것도 별로 없고요), 그가 갑자기 맥주를 한 캔 건넸다. 나는 순간 당황했다. 잠깐 마실까 고민했지만, 그러다 나 또한 그가 지었던 애매한 미소로 사양했다. 옆자리에 앉으면 내 몸은 그와 밀애라도 나눠야 할 만큼 밀착될 테고, 맥주만 날름 받아서 자리로 돌아가기엔 얌체 같았으니까.

그 후론 그레이하운드를 탄 적이 없다. 미국 내 장거리 이동은 비행기로 했고, 세 시간이 넘는 육로 이동을 할 때는 아예 차를 빌렸다. 그럼에도 영화를 볼 때 거구의 백인이 등장하면, 가끔 그 바이크족이 떠오른다. 우리는 어쩔 수 없이 과거의 경험으로 형성된 존재이니까. 안심하시라. 그가 건넨 맥주 한 캔 때문에 작가가 됐다고 말하려는 건 아니니까. 그렇다고 방심 마시라. 그 바이크족과 같은 사람들이 끼친 '무수한 추억'으로, 결국은 글을 쓰며 살아가는 것이니까. 돌이켜 보면 그가 건넨 맥주를 받진 않았지만, 결국 그는 내게 맥줏값을 건넨 것과 같다. 그 덕에 어찌 됐든 잊지 못할 여행의 추억을 쌓았고, 그 덕에 마

감했고, 그 덕에 원고료도 받을 테니까. 웃으면 복이 온다는 건
바로 이럴 때 쓰는 말이다.

애매한 웃음일지라도 말이다.

타인의 취향

작가는 아무리 성공해도 오기가 좀 있어야 글을 계속 쓸 수 있다. 이런 측면에서 보면 겨울엔 각오를 다지기 좋다. 기본적으로 날이 추우니 '그래 생은 이렇게 힘든 거야'라고 여기며 쓰는 것이다(물론, 내가 성공한 작가가 아니기에 날씨까지 추울 필요는 없다. 인생이 항상 겨울이니까, 에취!). 어쨌든 나는 직업 때문에 추위를 그다지 싫어하지 않는다. 하지만 아내의 사정은 다르다. 겨울을 혐오한다. 겨울에 여행을 가는 가장 큰 이유가 한국의 추위로부터 도망가기 위해서다. 그러므로 겨울에 러시아나, 캐나다로 가자는 말을 꺼내면 이렇게 여긴다.

'지금 나랑 이혼하자는 거야?'

결국, 새해 첫날을 대만의 가오슝에서 보내게 됐는데, 과연 따뜻했다. 한국 늦여름에서 초가을로 넘어가는 날씨였다. 하지만 내게는 악재였다. 요즘 나는 하루에 2만 보씩 걷기 때문이다. 이런 날씨에 걸으면 낮에 땀을 많이 흘리고, 밤에는 쌀쌀한 기운에 떨다가 감기에 걸려버린다. 여기에 첨언할 게 있다면, 밤에 쌀쌀해질 것을 대비해, 낮에는 재킷을 들고 다녀야 한다는 것이다. 그렇기에 상술한 문장에는 또 다른 부연설명이 필요하다. 낮에 재킷을 들고 걸어 다니면 땀이 더 많이 난다는 것이다. 미안하지만 개인적 성향을 부연할 필요가 있는데, 나는 땀 흘린 후에 씻지 못하는 상황을 혐오한다. 이렇게 된 이상, 아내의 추위 혐오와 나의 불쾌함 혐오의 정도를 비교해볼 필요가 있는데, 아내의 추위 혐오를 대적할 존재는 이 세상에 없다. 아내의 혐오에 비하면, 내 불쾌함 혐오는 차라리 아가페적 사랑이라 할 만하다.

그리하여, 도착한 첫날부터 재킷을 한 손에 들고 시내를 걸어갔다. 자꾸 부연해 미안한데, 아내는 맛없는 식당을 추위만큼이나 혐오한다. 아내를 삼라만상 혐오주의자로 오해할까 봐 덧붙이자면, 사랑하는 것이 있다(오해 마시라. 나는 세상에서 아내를 가장 사랑한다. 여보, 보고 계시죠? 그러니, 용돈 좀…). 그것은 바로, 딤섬. 아내에게 맛있는 딤섬은 도시 생활로 얼어붙은 영혼을 온기로 녹여주고, 메마른 마음을 육즙으로 적셔주는 존재다. 반면, 맛없는 딤섬은 본연의 임무에 충실한 동료 딤섬의 노력을 배신하는 존재이며, 정직한 딤섬이 충실히 쌓아온 명성을 무너뜨리는 내부의 적이다.

　이런 연유로 아침에 도착한 탓에 체크인도 못한 채, 딤섬 노포를 찾아 배회했다(새벽 비행기를 탔는데, 못 썼단 말이다. 물론 한 손에 재킷도 들고…). 첫날에 고대하던 노포의 딤섬을 맛있게 먹었으니, 아내는 흡족한 표정으로 이제 색다른 경험을 해보자 했다. 다음날은 때마침 내 생일이었다. 특별히 좋은 식당으로 데려가겠다며, 앞장섰다. 한참 걷던 아내는 특급 호텔 앞에 멈췄다. '설마…' 싶었는데, 역시나 아내는 호텔 로비로 들어갔다. 나는 주저했는데, 촌스럽게도 약간 감동해버린 것이다. 아내는 엘리베이터를 탄 채, 내게 어서 오라며 손짓했다. '…이렇게까지 할 필요는 없는데'라며 엘리베이터를 따라 타니, 아내가 2층 버튼을 눌렀다. 감격에 겨워 눈동자가 촉촉해지려는 찰나, 아내가 누른 2층 버튼 옆에 쓰인 큼직한 글자가 보였다. '○○ 딤섬(호텔 레스토랑이 아닌, 또 딤섬 집에 간 것이다!)'

마지막 날에는 벌써 대만을 떠나는 게 너무 아쉬우니, 특별한 걸 먹자 했다. 마침, 세계적으로 유명한 프랜차이즈 레스토랑의 본고장이 가오슝에 있다고 했다. 일부러 이 식당 때문에 해외에서 오는 손님이 있을 정도라 했다. 우리는 여행 온 김에 먹을 수 있으니, 이 얼마나 기막힌 우연이 아니냐 했다. 여기서 더 기막힌 우연이 있다면, 그 레스토랑 역시 딤섬 집이라는 것이다.

사흘째 딤섬을 먹다 잠깐 지겨워진 표정을 짓자, 아내가 말했다. "여보. 우리 이레가 딤섬 덕에 너무 기뻐해. 봐봐!" 참고로, 이레는 만 두 살짜리 내 아들이다. 녀석은 손으로 딤섬을 해체해, 식당 바닥에 내용물을 흩뿌리며 사악한 웃음을 짓고 있었다.

결국, 가오슝에 머무른 일정 내내, 길거리에서, 쇼핑몰에서, 호텔에서 딤섬을 먹었다. 때론 한 시간 반 이상 기다리기도 했다. 평소엔 '맛집'이라도 기다려야 한다면, '흥' 하며 외면해버리는데 말이다. 그래서 어떠했느냐고?

아아, 정말이지 나는 딤섬과 사랑에 빠지고 말았다. 모락모락 피어나는 그 온기와, 입안에서 터지는 육즙이 적셔주는 그 포근함이란!

여행을 자주 하다 보면, 때론 온전히 타인의 취향을 따르게 마련이다. 때로는 투덜대기도 하고, 때로는 참기도 하지만, 뒤돌아보면 그럴 때 항상 내 세계는 조금씩 넓어졌다. 물론, 아내는 법적 부부이기에 타인은 아니지만, 쑥스러워 타인이라 표현했다. 내 반쪽의 취향이라 하기엔 겸연쩍지 않은가. 오늘 저녁에도 딤섬을 먹으러 가야겠다.

추신: 물론, 딤섬 집 바닥에 흩뿌려진 만두 속은 치우고 왔습니다. 노파심에….

이탈리아인의 박수

독일에 체류할 때, 밀라노에 사는 친구의 초대를 받았다. 당연한 말이지만 이동 수단으로 좋아하는 기차를 택했다. 그 탓에 가는 데 이틀이 걸렸다. 먼저 베를린에서 프랑크푸르트까지 간 다음, 거기서 다시 스위스 바젤로 가는 기차로 갈아탔다. 한데 도착하니 너무 밤늦은 시각이라 어쩔 수 없이 스위스에서 하룻밤을 자고, 다음 날 아침 일찍 또다시 기차를 타고 밀라노로 갔다. 기차 안에서만 열세 시간 넘게 버틴 것이다. 기차 여행을 좋아하는 나로서도 도착할 때가 되니, 손뼉이라도 치고 싶은 심정이었다. 그런데 스위스 바젤에서 탄 이탈리아인들이 선수를 쳤다. 고착 한나절을 타놓고 일제히 손뼉을 친 것이다. 영화제 피날레라도 맞이한 듯, 환호하며….

이 경험은 나에게 과거를 떠올렸다. 우리도 80년대에 극장에서 영화가 끝나면 박수를 쏟아냈다. 그래서 이탈리아인들은 기차 탑승을 영화 관람 같은 여가 경험으로 여기는 게 아닐까 생각했다. 창가엔 영화 같은 '이탈리아의 전원'이 흐르고(확실히 이탈리아 시골은 아름답다), 식당 칸에는 영화관 매점처럼 스낵과 맥주가 있다. 정확히 예고된 '러닝타임'도 있다(이 역시 문자대로, 달리는 시간이므로 기차에 더 잘 어울린다). 내 생각을 이탈리아 친구에게 말하니, '그럴 리 없다'라며 비웃었다. 열차 탑승을 영화 관람과 동일시하는 감상적인 태도로 어찌 험난한 세상을 헤쳐 갈 수 있냐며 타박까지 들었다. 그래서 "그럼 대체 왜 손뼉을 치는데?!" 하니, 친구는 순간 인생을 잃은 표정을 지었다. 여태 영문도 모른 채 박수한 것이다.

소설가가 소설을 못 쓰는 이유는 무궁무진한데, 그중 빼놓을 수 없는 게 바로 '궁금한 게 생겼기 때문'이다. 당연히 연구에 착수했다. 우선, 손뼉 치는 가장 일반적인 독립변인은 탑승 시간의 지겨움일 것이다. 이탈리아인들은 역에 도착하기도 전에 어서 내리려고 객차 출구로 몰려든다. 줄을 서지도 않기 때문에 도착할 때마다 병목현상까지 일어난다. 그런데, 이 이야기를 하니 꽤 많은 사람들이 기차 여행을 좋아한다 했다. 시간이 더 걸리고, 비싸더라도 일부러 기차를 탄다고 했다. 나 역시 그렇기에, 이점은 아주 잘 이해할 수 있었다. 지겨움이 일부 요인이 될 수는 있어도, 완벽한 독립변인이 될 수는 없었다.

 즉, 여타 변인이 존재한다는 것인데 다소 사소한 비율이긴 하겠지만 혹시 이탈리아판 황수관 박사가 존재해 박수 건강법을 전국적으로 설파한 게 아닐까 추정해봤다. '화끈한 이탈리아 인이라면 언제든 과감히 박수합시다!' 하며 수년간 주장했나 싶었지만, 아쉽게도 그런 인물은 없었다. 아니면 도착했다는 아쉬움일까 싶어 친구에게 물어보니, 도착하면 오히려 속 시원하다 했다. 이점에 착안해보니, 마침내 도착했다는 기쁨과 환희에 젖어, 그 감정을 표현하기 위해 손뼉을 치는 게 아닐까 싶었다. 정치적 불안 요소도 많고, 마피아도 득세하는 나라이니, 어쩌면 이탈리아인들은 자각하지도 못한 채 어딘가에 별 탈 없이 도착하면, 무의식중에 안도하며 박수를 쏟아내는 것이다.

만약 그렇다면 퇴근해서 무사히 집에 오면 현관에서 손뼉을 치고, 아이들은 박수로 부모를 맞이한다. 할머니도 손주들 보러 와서 현관에서 손뼉을 치고, 며느리는 시어머니를 보며 "본 조르노!" 하며 박수로 맞이한다. 피자가 무사히 배달되면 "그라 치에!" 하며 박수, 피자를 다 먹고도 배탈이 안 났다면 또 박수. "부오노! 부오노!(좋아! 좋아!)" 당연한 말이지만 축구 시합에 이기면 이탈리아반도 전체에서 박수가 쏟아진다. "뻬르뻭또! 뻬르뻭또!(완벽해!)" 나는 혹시나 하는 마음에 초대해준 이탈리아 친구가 집에 돌아왔을 때 박수로 환영해보았다. 그러자 녀석은 놀랍게도 웃으며, 화끈한 박수로 화답해줬다. "부오노! 부오노!(좋아! 좋아!)" 마침내 궁금증을 풀어낸 기쁨에 "역시 이탈리아인은 도착하면 손뼉을 치는구나!" 하니, 친구는 정색했다.

"네가 무안할까 봐 따라 쳐준 건데." 그러며 반문했다. "대체 왜 그랬어…?"

그런데, 나는 친구에게서 답을 얻었다. 종착역에 도착하면 누군가 속으로 '아, 이탈리아인이라면 박수를…' 하며 갈등한다. 이때 비슷한 갈등을 하는 누군가, 조심스레 손뼉을 친다. 그러면 기차 안에 있는 승객들은 조심스레 손뼉을 친 이 누군가가 무안해지지 않도록, 일제히 박수로 응해준다. 간혹 '아. 오늘은 또 누구야!' 하며 속으로 툴툴댈지는 모르겠지만, 일단은 박수로 화답한다. 이런 식으로, 매번 종착역에 도착할 때마다 뜨겁게 박수가 쏟아지는 것이다. 그러고 보면, 세상 참 따뜻하다. 피자도 따뜻하고…. 부오노~! 부오노~!(좋아요~! 좋아요~!)

허머 딜레마

허머(Hummer)를 타보는 건 오랜 바람이었다. 영화 〈더 록〉에서 험비를 타고 질주하는 숀 코네리를 보며, '언젠가는 험비로 질주해보겠다'고 다짐했다. 그러다 캘리포니아로 여행을 가니, 마침 '허머 투어'라는 상품이 있었다. 비록 군용차량 험비가 아니라 민간용으로 출시된 허머였지만, 오랜 바람을 충족시키기엔 무리 없었다. 영화와 차이점이 있다면 배경이 샌프란시스코가 아니라, 사막인 '팜 데저트(Palm Desert)'라는 정도일 뿐. 바람대로 다 누리고 살면 그게 신(神)의 삶이지, 인간의 삶인가. 고민 없이 허머를 타고 달리는 사막 투어를 신청했다.

마침내 투어 당일, 집결지로 가는데 황무지만 이어졌다. 간혹 보이는 선인장은 태양에 말라가고 있었고, 차량 계기판이 가리키는 외부 온도는 '화씨 122도' 즉, 섭씨 50도였다. 뉴스를 검색해보니 이상기후로 발생한 폭염에 환자가 속출한다고 했다. 선인장과 함께 내 목도 내 마음도 말라갔다. 노파심 탓인지 가이드는 가는 와중에 내게 세 차례나 전화를 걸어, 우리가 탈 차의 에어컨은 잘 나오니 걱정 말라고 했다. 도착해서 타보니 허머는 배기량 6,500cc에 걸맞게 온 힘 다해 뜨거운 입김을 뿜어내고 있었다. 마침 함께 간 친구는 평소 다한증 초기 증세를 의심하고 있었는데, 허머에 올라타자마자 자신이 결국 다한증 중증 환자라는 사실을 확신했다. 나는 막 다한증 중증 환자라는 걸 깨달은 녀석과 홀로 온 미국인 사이에 앉았는데, 이 미국인은 아무래도 인생의 큰 시련을 겪고 사막까지 온 듯했다. 처음 만난 때부터 헤어질 때까지 마치 이혼 법정에 선 것처럼 인상을 쓰고 있었는데, 고소의 왕국에서 이런 인물을 만나 그의 잔뜩 찌푸린 표정이 외치는 듯했다.

'내 몸에 조금이라도 닿으면 고소할 거야!'

그래서 나는 섭씨 50도의 날에, 그보다 실내 온도가 더 높은 허머 뒷좌석에서, 좌로는 다한증 중증 환자, 우로는 잠재적 고소인 사이에 끼어 앉았으니, 누구에게도 닿지 않기 위해 내 몸을 최대한 축소시키기로 했다. 사실, 남자도 양 허벅지를 완전히 밀착시켜 앉을 수 있다. 충분히 가능하다. 고환 제거 수술만 하면⋯. 그리하여 속으로 '나는 고환이 없다'라는 주문을 끊임없이 되뇌며 허벅지를 밀착한 채 두 시간 동안 허머의 열기를 맞으니, 어지러워지는 차원을 넘어 이상하게도 소름이 돋았다. 클럽에서 땀을 흘려 더운데 누군가 귓가에 입김을 뿜으며 말하면 소름이 끼치는 것과 같은 이유인지, 아니면 내 허벅지에 떠밀린 고환이 뱃속까지 차올랐기 때문인지는 모르겠다(섭씨 50도에서 논리적 사고를 할 수 있다면, 그게 신이지 인간인가).

그런데, 이건 큰 문제가 안 된다. 우리가 언제나 슬퍼하는 건 비극이 자연재해가 아니라, 인재라고 밝혀졌을 때다. 그리고 혹독한 경험을 했을 때 결국 오래가는 건 정신적 외상이다. 아직도 잊을 수 없는 건, 실내 온도는 섭씨 60도를 육박하는데 가이드가 두 시간 내내 '사막의 생성 이유와 변화의 역사, 그리고 이에 대한 인간의 적응과 앞으로 변화될 사막의 지형'에 대해 설명했다는 것이다. 그때 내 마음에서도 사막화가 진행되었다. 게

다가 그의 뜨거운 입김은 섭씨 60도의 실내 온도를 더 상승시켰다. 그가 내뿜은 이산화탄소 때문에 더 어지러워졌는지도 모르겠다. 여하튼, 인간은 적응의 동물이라는 건 절감했다. 그 온도에도 가이드는 지치지 않고 설명했으니까. 아마 그는 자신이 받게 될 모든 팁의 원천은 설명에 있다고 착각하는 듯했다. 그리고 마침내 목적지에 도착해 대자연을 감상하려 찰나, '어딘지 궁금하지?'라는 표정으로 가이드가 다가와 설명하고, 해설하고, 알려줬다. 내 마음은 완벽히 사막이 됐다(그의 업무 8할은 설명이었고, 1할은 운전이었고, 1할은 내가 준 팁을 받을 때 보여준 열반의 경지에 도달한 미소였다).

종종 생각해본다. 예전에 바라던 것을 막상 해보면 실망할 뿐이었다고. 이십 대의 나는 언젠가 허머를 타보겠다며, 도서관에서 별이 뜰 때까지 책과 씨름했고, 무더운 여름에도 땀 흘리며 아르바이트를 했다. 하지만 정작 허머를 타고선, 땀을 훨씬 더 흘렸다. 이제는 이를 '허머 딜레마'라 부른다. 그런데 돌이켜 보면 언제나 가장 흥분한 시간은 무언가를 막 이뤘던 순간이 아니었다. 성취한 후에 몰려온, 길고 허망한 시간은 더더욱 아니었다. 그저 보잘것없는 바람을 이루겠다며, 기대하고 준비하며 기분 좋게 땀 흘린 순간들이었다. 차마 이루지 못한 것을 향해 조금씩 나아가고, 조금씩 자신이 나아지고 있다는 기분이 들 때, 그즈음의 나날들이 언제나 설렘으로 가득했다. 그러니 지금으로선 허머를 타기 위해 땀 흘렸던 청춘의 시간에 감사하는 수밖에.

그래도 다시 허머를 타게 된다면, 에어컨은 잘 나오길. 다한증 환자가 아닌, 냉혈 인간이 옆에 앉길. 그리고 다들, 마음만은 따뜻하길.

미국 여행을 할 때 빠트리면 섭섭한 것

　책 때문에 장기간 미국 취재를 준비한 적이 있다. 목돈 들인 취재에 실패하면 안 되니, 가장 중요한 스토리 채집에 집중했다. 자연히 숙소 준비엔 소홀해졌다. 들어본 적 있는 호텔이면 예약하는 식이었다. 취재지 중에 동부의 외딴 시골도 있었는데, 의외로 세계적 체인 호텔이 있었다. 예약하지 않을 이유가 없었다. 그런데 도착해보니, 단층 건물에 방이 다닥다닥 붙어 있고, 방 앞에 바로 차를 댈 수 있는, 전형적인 미국 모텔이었다.

　'할리우드 키드'로 자란 내게, 일순 수백 편의 범죄 영화 장면

이 몰려왔다. 그 장면들의 공통점은 피살자들이 하나같이 모텔 침대 위에 피 흘린 채 쓰러져 있다는 것이었다. 배경지는 인적이 드문 국도변 모텔이었는데, 내가 도착한 곳이 딱 그랬다. 호수를 착각해 방문을 열면, "기다렸다. 산쵸!" 하며 방아쇠를 당기는 갱스터의 팔에는 주사기가 대롱대롱 매달려 있을 듯했다. 마침, 차에서 짐을 내리는데, 선배(?) 투숙객 한 명이 거북선처럼 입에서 연기를 내뿜으며 "한 대 빨래?"라고 말한 뒤, 킥킥 웃었다. 다른 선배(?)는 벽에 기댄 채 싸구려 위스키를 병째 홀짝이는 중이었는데, 그의 얼굴은 '화기엄금, 폭발주의'라는 경고문을 형상화한 듯했다.

이럴 때 인간은 시스템에 의존하게 된다. 이 미지의 세계에서 법을 집행하고, 외부 세계와 긴밀한 연락을 하는 자 말이다. 프런트 데스크로 갔다. 직원은 지친 이방인의 불안에는 관심 없다는 듯 권태로운 표정을 짓고 있었는데, 그건 그가 전적으로 각본·연출·촬영·편집까지 맡아 하는 독립영화 감독처럼 접객·조식·건물 유지보수에다, 판촉까지 도맡고 있기 때문이었다(그 덕에 회원 카드를 만들었다. 그때 그는 딱 한 번 생의 의지가 깃든 미소를 보여줬다. 아마, 실적과 연관 있는 것 같았다).

사실, 나는 낙관주의자다. 이 세상은 딱 한 줄기 빛만 있어도 밝아진다. 이 직원이 내게 빛이 될 수 없다는 사실을 파악한 즉시, 다른 빛의 존재 여부를 확인했다. "혹시 여기에 지배인이 있습니까?" 내 물음에 그는 당연하다는 듯 손가락으로 자신을 가리켰다. 그와 동시에 나는 염세주의자로 전향했다. 하지만, 객실 문을 열자 다시 낙관주의자로 회귀했다. 취재 중 묵은 그 어떤 호텔보다 널찍하고 안락했기 때문이다. 이상했다. 방문 하나를 경계로, 평온한 세계와 불안한 세계가 공존했다. 이 불안하고 묘한 동거의 기운이 투숙 기간 내내, 내 몸에 달라붙었다.

마지막 날, 여전히 권태로운 얼굴로 고객 응대와 조식, 건물 유지보수 및 판촉까지 맡은 지배인과 사막 같은 인사를 한 뒤, 모텔을 떠났다. 불안감이 안도감으로 전환됐기 때문일까. 'OPEN' 조명이 깜빡이는 간이식당 창가에 앉아 햄버거를 한입 베어 무니, 새로운 기분이 하나 달라붙는 것 같았다. 그간 여러 번 미국 여행을 했다. 교환학생으로 일 년간 지내기도 했다. 하지만 미국은 언제나 먼 나라로 느껴졌다. 그런데 그날 아침, 비로소 내가 미국 여행을 하고 있다는 게 실감 났다.

그 모텔은 실로 미국적이었다. 큰 차, 넓은 집으로 대변되는 미국이기에, 객실 내부는 미국의 전형이라 해도 좋을 법했다. 하지만 해가 지면 객실 밖에 나가기도 꺼려졌다. 투숙 기간 내내 육체적 안락과 내면적 불안을 동시에 겪었는데, 그 맛은 미국 생활의 한 조각을 씹는 것 같았다. 수면 위의 일상은 평화롭지만, 수면 아래에는 언제 치솟을지 모르는 위험이 가라앉은 듯했다. 학생 때 미국 대학 기숙사에서 지내던 것과는 전혀 다른 기분이었다. 그 덕에 투숙을 마치고 비로소 미국이란 나라에 좀 더 깊이 들어간 느낌이 들었다. 말하자면, 일상의 안정이 언제 무너질지 모르는 그 모텔에서의 며칠이, 약 이십 년에 걸쳐 미국에서 이것저것 체험한 내게 가장 미국적인 것이었다.

만약, 누군가 '미국 여행에서 해야 할 리스트'를 작성하라고 한다면, 나는 조심스레 '국도변 모텔에서 투숙하기'를 쓸 것이다. 안전을 잘 챙기라는 말과 함께. 당연하지만, 강요할 생각은 없다. 도무지 잠이 안 올지도 모르니 말이다.

이 말이 도움이 될진 모르겠지만, 그럴 땐 내 소설이 수면제보다 효과가 좋다. 내용은 물론, 무게도 가벼워서 미국까지 챙겨가기에도 딱 좋다.

조식에 대하여 1

부끄러운 이야기지만 고백을 해본다. 비록 몇 쇄 못 찍긴 했지만, 내 책 중에 가장 많이 팔린 것은 사실 대충 쓴 것이다. '아니, 작가가 설렁설렁 써서 어떡하냐!' 하고 항의할까 봐 변명하자면, 다른 책과 비교했을 때 공을 상대적으로 덜 들이고 빨리 썼다는 뜻이다. 반면에, 문장을 거듭 수정하고, 단락째 고쳐 쓰고, 말 그대로 '노력을 쏟아부은' 책은 가장 적게 팔렸다. 그러다 출판사로부터 가장 많이 팔린 책을 쓴 대로 써달라는 요청을 받았다. 당연히 요청받은 대로 썼는데, 그 책은 가장 적게 팔린 책의 기록을 깨트려버렸다(물론, 안 좋은 쪽으로). 나로서는 정말

기차와 생맥주

이해할 수 없다. 이것이 내가 풀지 못한 문학적 수수께끼인데, 여행에 관한 수수께끼 역시 존재한다. 그건 바로 사람들이 호텔 조식을 좋아한다는 것이다.

원론적인 이야기를 해보자. 우리는 왜 여행을 가는가. 낯선 곳에 가서, 낯선 경험을 하고, 일상에 차이를 주려는 것 아닌가. 이 가정이 맞다면, 여행지에선 '현지 음식'을 먹는 게 당연하다. 그렇다면, 호텔 조식은 인기가 없어야 한다. 전 세계 어딜 가더라도, 호텔 조식에는 큰 차이점이 없으니까. 하지만 조식이 인기있는 숙소는 객실 예약이 일찍 마감된다. 어떤 호텔의 조식은 5만 원이 넘기도 한다. 나로서는 이게 여행에 관해 절대 이해할 수 없는 미스터리 중 하나였다.

창조론에 따르면, 조물주는 이 세상의 모든 것을 완성했다. 그래서 아담과 이브가 태어났을 때, 세상은 이미 완성형이었다. 인간은 단지 과일을 따 먹으면서 노는 존재였다. 그런 인간에게 주어진 첫 번째 임무는 세상의 모든 존재에 이름을 붙이는 것이었다. 고로, 인간은 이름을 붙이는 존재이고, 아담의 후예인 나 역시 이름 붙이는 것을 좋아한다. 나는 사람들의 조식 애호

경향을 '아파트 현상'이라 명명했다. 왜냐고? 내가 만난 한국인들은 대화를 나눠보면, 모두 네모반듯한 아파트의 외관을 혐오했지만, 더 깊이 이야기해보면 이미 아파트에 살거나, 아파트로 이사 갈 계획을 갖고 있었다. 그러니까 낯선 경험을 하러 여행을 가면서, 똑같은 호텔 조식을 먹는 이 이율배반적인 현상은, 우리가 아파트에 대해 품고 있는 이율배반적인 감정과 비슷했다.

이렇게 '조식'을 '아파트'와 연결 지어 생각하다 보니, 자연스레 사람들이 왜 호텔 조식을 좋아하는지 비로소 깨닫게 됐다. 좀 풀어서 말하자면 이렇다. 어떤 이들은 여행을 가서도 '스타벅스' 커피를 마시고, '맥도날드' 햄버거를 고집한다. 이 브랜드의 열렬한 추종자가 아니라면, 간단한 커피나 햄버거쯤은 익숙한 것을 찾는 셈이다. 즉, 여행지에서 낯선 길을 걷다가, 이름 모를 행상이 파는, 맛을 가늠할 수 없는 음식을 발견했을 때, 우리 신체의 무게에서 2%밖에 차지하지 않는 뇌는 격렬하게 운동하기 시작한다. '저것은 대체 어떤 맛일까?' 이때 뇌 신경세포는 인간이 사용하는 전체 에너지의 20%를 사용하는데, 그래도 맛을 알 수 없다(당연하다. 먹어보기 전에는 모르니까). 이때부터, 인간은 창의성, 즉 적극적인 상상력을 발휘하는데, 그때 뇌는 파업 신호를 보낸다. '제발 그만! 그냥 사 먹어!' 하여, 나처럼 자신을 소중히 여기는 인간은 스스로 학대하지 않기 위해 웃는 표정으로 돈을 낸 후, 한입 베어 문 순간 깨닫는다. '아, 돈 버렸구나.' 그렇다. 우리는 낯선 곳에서의 불안을 줄일 요소들을 찾는 것이다. 나는 그것 중 하나가 호텔 조식이라 생각한다. 조식은 안정감을 제공하니까(아파트 역시 안정감을 제공한다. 주택 관리를 직접 하지 않아도 된다는 편안함은 물론, 마침내 보편적 삶의 궤도에 올랐다는 안도감까지 준다).

정리하자면, 우리는 일상에 차이를 주고 싶어 떠난다. 하지만 낯선 곳에서의 불안이 기대보다 크기를 바라지는 않는다. 그렇기에 언제나 우리가 기댈 안정적인 무언가를 확보하길 원한다. 그것이 누군가에게는 글로벌 체인의 커피나 햄버거일 수 있고, 또 누군가에게는 호텔 조식일 수 있다. 더 넓게 보면 그게 아파트일 수도 있다. 어쨌든 확보하고 싶은 최소한의 탄탄한 근거를 우리는 살면서, 또 여행하면서 원한다. 그렇게 보면, 우리가 조식을 제공하는 호텔의 개성을 따지는 것은, 비슷한 아파트지만 시공사는 어디인지, 전용면적은 얼마인지, 역세권인지 따지는 것과 별 차이가 없는 듯하다.

어쨌든 이래놓고 나 역시 호텔에 가면 조식을 먹는데, 그 이유는 이미 객실료에 포함돼 있기 때문이다.

아뿔싸! 설마, 이게 가장 큰 이유였나요?(지금 알았네요. 이래서 인간은 글을 써야 합니다. 마지막 문장을 쓰는 순간 비로소 깨달았으니까요.)

조식에 대하여 2

안녕하세요. 점점 더 집요해지고 있는 최민석입니다. 같은 소재로 두 달을 우려먹다니요.

지난달에 조식에 대해 이러쿵저러쿵 쓴 원고를 보낸 직후, 아차 싶었다. 정작 내가 여행을 가면 항상 같은 메뉴로 아침을 먹는다는 게 떠올랐기 때문이다. 아니, 여행을 가지 않아도 매일 같은 것을 먹는다. 지난 일 년간 매일 크루아상과 커피로 조식을 해결했다. 크루아상을 먹지 않을 땐, 샌드위치로 때운다. 특별한 사건이 있지 않은 한(예컨대, 올해의 작가로 선정돼, 청와대 조식에 초대되지 않는 한), 크루아상 아니면 샌드위치로 식사를 한다(그래서, 매일 크루아상과 샌드위치를 먹는다). 당연한 말이지만, 맛있어서 먹는다. 하지만, 더 큰 이유가 있다. 크루아상을 한입 베어 무는 것이 내게는 하루라는 거대한 문의 손잡이를 돌리는 것과 같기 때문이다.

어떤 일을 하건, 어디에 살건, 우리의 일상엔 반복적 요소가 있다. 매일 같은 곳에 출근하든, 같은 곳을 달리든, 나처럼 같은 노트북을 펼쳐 자판을 치든, 누구에게나 반복적인 일상이 있다. 이 일상은 안정감을 주기도 하지만, 너무나 반복적이어서 때로는 무겁게 느껴진다. 일상의 톱니가 한 번 어긋나면 삶이 무너질 것 같은 중압감도 받는다. 이 무게를 잘 견뎌내는 사람이라면 그저 손목을 한두 번 쓱쓱 돌린 뒤, '음, 어디 한번' 하는 자세로 일상을 소화해낼지 모른다. 하지만, 그렇지 않은 사람에게는 일종의 준비운동이 필요하다. 프로야구 선수는 시즌 내내 타석에 들어서고, 그 타석도 하루에 적게는 세 번, 많게는 예닐곱 번 이상을 들어선다. 그렇게 익숙한 타석인데도, 들어설 때마다 타격 준비 자세를 취한다. 타자건, 직장인이건, 소설가건, 자신에게 주어진 과제의 성격만 다를 뿐 매일 똑같은 일을 해치워야 한다는 사실에는 변함이 없다. 그러니, 내게 크루아상을 한입 베어 물고 커피를 마시는 것은 일종의 워밍업인 것이다.

　이때 나는 입을 다물고 우물거리지만, 머릿속으로는 대개 '오늘은 ○○사에 보낼 원고를 욕 안 먹게 써야지'라고 생각한다(물론, '독자의 욕도 안 먹어야지' 생각한다. 내가 먹고 싶은 건 '오직 크루아상뿐'이다). 그렇기에, 일상을 감내하기 위해, 크루아상으로 하루를 시작하는 것은 간단히 납득할 수 있었다. 그런데 어찌 된 영문인지 유럽은 물론, 일본, 태국, 심지어 부탄에 가서도, 어디 '크루아상 일찍 파는 집이 없나' 하고 기웃거렸다. 결국, 나 역시 낯선 여행지에서 내 일상의 한 요소를 유지하고 싶었던 것이다. 언어도, 사람도, 교통 체계도 다른 곳에서 적어도 '크루아상 하나만큼'의 익숙한 무언가가 내 낯선 여행의 밑바닥을 지탱해주길 바랐던 것이다. 물론, 세계적으로 저명한 심리학자가 '아닐세. 자네는 그냥 밀가루에 중독된 걸세'라고 한다면, 할 말은 없다(크루아상이 맛있긴 맛있어요. 몇 년을 먹었는데 안 질립니다. 오늘도 냠냠). 하지만, 나는 한 명의 작가로서, 독자들과 약간의 차이는 있을지라도, 결국은 보편적 취향의 대지 위에 같이 서 있기를 희망한다. 그런 차원에서 스스로 회고를 하다가, 호텔 조식이 사랑받는 이유를 가까스로 깨닫게 된 것이다(낯선 곳에서 최소한의 안정을 확보하고 싶은 것).

　그렇다면, 근원적인 질문을 하지 않을 수 없다. 우리는 이토록 일상을 유지하고 싶어 하고, 이따금 변화를 꺼리면서, 왜 군이 여행을 떠날까. 왜 군이 낯선 곳에 가서 불안을 감내하고, 소매치기당할까 봐 때로는 전대까지 차며 여행을 떠날까. 나는 글로 써보기 전에는 잘 모르는 것투성이지만, 쓰다 보면 어쩐지 마음과 머리가 정리되어 깨닫곤 한다. 호텔 조식의 경우가 그랬다. 산술적으로 딱 잘라 말하긴 어렵지만, 우리는 '아침 식사 정도의 익숙함'을 포기하기 싫어하는 것 같다. 그렇기에 전 세계 모든 호텔의 잠자리는 동일하다. 같은 규격의 침대 사이즈(싱글, 퀸, 더블), 하얀 리넨 시트, 푹신한 거위털 베개. 하얀 시트 위의 덮개 이불은 다를 수 있지만, 우리가 원하는 변화는 딱 그 정도가 아닐까 싶다. 변치 않는 잠자리, 변치 않는 아침 식사. 24시간을 기준으로 따지고 보면 우리가 여행에서 보내는 시간의 절반이다. 나는 이게 '모두의 크루아상'이라 생각한다.

　삶이 익숙한 것으로만 가득 차 있으면 우리는 그 단조로움의 무게를 견딜 수 없고, 삶이 낯선 것들로만 가득 차 있으면 우리는 그 생경함의 무게를 견딜 수 없다. 그렇다면 여행과 삶이 별반 다를 게 없기도 하다. 둘 다 적당한 변화와 적당한 안정을 추구하니까 말이다. 이렇게 보면, 삶은 여행이고, 여행 또한 삶이다. 그래서 일상을 여행처럼, 여행을 일상처럼 보내려고 한다.

글쟁이의 여행 딜레마

여행을 떠날 때면, 대개 지쳐 있다. '수천 장에 달하는 사인을 하느라 지친 거냐고?' 그럴 리가! 오히려 그럴 가능성이 전혀 없는 현실을 어떻게든 버텨보려, 이 글 저 글 쓰느라 지쳤다. 그렇기에 나는 '쓰느라 지쳐서' 여행을 간다. 오랫동안 끙끙대며 펜대를 굴렸기에, 간만에 글 쓰던 골방을 떠나 쉬려는 것이다.

한데, 여행지에 도착한 순간 문제가 발생한다. 쓰기 싫어서 떠났는데, 도착하자마자 깨닫는다. 이국에서의 낯선 경험을 기록으로 남기지 않으면, 결국은 모두 내 기억에서 증발하고 말 것이란 걸. 귀국행 비행기에 타서, 안전띠를 매고, 탈출 요령을 듣고, 모니터에 어떤 영화가 있는지 챙기다 보면, 어느 순간 '귀국 모드'가 발동한다. 이 순간부터 여행지에서의 경험이 유통기한을 맞이하고 만다.

세부적으로는 이렇다. 맛있는 음식을 아무리 많이 먹어도, 배설하고 나면 내 몸에 남아 있지 않다(도리어 지방이 되어 나를 더 괴롭힐 뿐이다). 미식 체험의 즐거움을 떠올려봐도, '맛있었다'는 사실 자체만 기억날 뿐, 음식이 혀의 돌기를 자극할 때의 생생한 느낌은 사라져버린 후다. 물건을 사도, 그 역시 제 수명이 있기 마련이다. 사진을 찍어놓아도, 다시 들여다보지 않는 한 그 찰나의 순간들은 뇌리에 살아 숨 쉬지 않는다.

결국, 글로 쓰지 않으면, 여행의 모든 경험은 사라진다. 반면, 글을 쓰다 보면 경험의 의미를 되새기고, 경험한 시간에 쓰는 시간이 더해져, 내 안에서 경험이 재창조되고, 더 깊이 각인된다. 그렇기에 '쓰지 않으려고 여행을 떠났지만, 또 써야 하는 딜레마'를 겪는다. 나는 이것을 '작가의 여행 딜레마'라고 부른다. 이런 딜레마를 뉴욕에서도, 베를린에서도, 싱가포르에서도, 프로방스에서도 겪었다. '완전히 지쳤어. 절대로 글을 쓰지 않을 거야!'라고 작심했지만, '아무것도 안 쓰면 아무 기억도 안 나잖아?' 하며 스스로 펜대를 잡았다.

지난달에 중남미 여행을 다녀왔다. 이번엔 기행문을 쓰러 갔기에, '쓰지 않겠다는 압박'에서는 자유로웠다. 오히려 써야 한다는 압박을 느꼈다. 그런데, 작가는 복잡한 존재다. 왜냐하면 '쓰지 않겠다는 압박'과 '써야 한다는 압박'을 매번 동시에 느끼기 때문이다. 이 두 욕구의 충돌은 섬세하고 민감한 영역에서 일어난다. 어느 한 욕구가 명백히 다른 욕구를 짓누르지 않는다. 주주총회에서 경영권을 방어하려는 자와, 경영권을 빼앗으려는 자의 대결 같다. 간단히 말해, 두 욕구는 내 안에서 49%와 51%(혹은 그 반대)의 비율로 승부를 결정짓는다.

이번에는 40일간 '멕시코, 콜롬비아, 페루, 칠레, 아르헨티나, 브라질' 총 6개국을 다녔기에, 너무 자세히 쓰면 독자들이 질식할 것 같았다. 나 역시 많이 쓰면 벅찰 것 같았다. 떠나기 전부터 조금씩 쓰고 쉬면서 페이스를 조절하려 했다. 마라톤 주자가 '오버 페이스'를 하면 완주에 실패하듯, 작가도 후반부에 지쳐 집필을 포기할 수 있기 때문이다. 그런데 어찌 된 영문인지 이번에는 '써야 한다는 압박'이 '쓰지 않겠다는 압박'을 그만 51대 49의 비율로 앞서버렸다. 그 탓에 기행문을 매일 쓰고 말았다. 이렇게 초반에 오버 페이스를 하면, 숨이 턱까지 차더라도 끝까지 써내는 수밖에 없다. 집필을 포기하면, 여행을 간 목적 자체를 상실하니까 말이다. 여행을 다녀오니 체중이 5kg 빠졌다.

매번 여행을 떠날 때마다 다짐한다. 글로부터 자유로워지려고. 사진가들은 어떤지 모르겠다. 낯선 이국의 풍경을 볼 때, 손가락이 카메라로 향하려 해서, 다시 일하려는 그 욕구를 어떻게 다스리는지. 아무튼 나는 글쟁이이기에, 낯선 경험을 하면 어느 순간 '아. 이거 어디 볼펜 없나?' 하고 두리번거린다. 한 번은 너무 많이 쓰면 방전이 될 것 같아 노트북은 물론, 다이어리조차 챙기지 않았다. 종잇조각도 없었다. 그런데, 또 쭈뼛거리며 '볼펜 좀 빌려주시겠습니까?'라고 한 뒤, 영수증과 냅킨 조각에 끄적거렸다. 쓰다 보니 할 말이 늘어나 그만 여러 장의 냅킨에 써버리고 말았다. 대체 다른 예술가들은 이런 욕구를 어찌 해결하는지 모르겠다. 그래도 가장 중요한 점은, 독자들이 있기에 이런 끄적임도 가능하다.

그러니, 뜬금없겠지만 "고맙습니다, 여러분!"

(결론이 왜 이렇죠?)

추신: 그나저나 냅킨은 대개 네 칸으로 접혀 있기에 완전히 펼치면 제법 큰 종이가 됩니다. 게다가 앞뒤로 쓸 수도 있습니다. 잘만 하면 '초단편소설' 한 편쯤은 냅킨에 쓸 수도 있답니다.

기차와 생맥주

멕시코의 3요소

어디 한번… 보자… 20여 년이 지났긴 하다. 학창 시절, 사회 시간에 배웠으니. 하지만, 내가 누구인가. 기억력에 관해 둘째가라면 서러운 인물 아닌가. 나는 첫 장편소설 《능력자》를 내고 사기 충천했던 십 년 전, 그러니까 2012년 11월 15일, 온라인 서점 A사에 'ㅇ끌린' 님이 남긴 한 줄 평을 오롯이 기억하고 있다. '창비 신인상 수상작은 좋았는데..'(마침표가 정확히 두 개 찍혀 있었다). 그러니, 국가의 3요소 정도는 쉽게 떠올릴 수 있었다. '영토, 국민, 주권'. 하지만 멕시코는 그렇게 구성되지 않았다. 열흘밖에 여행하지 않았지만, 공항에서 택시를 타는 찰나 깨달았다. 이 나라를 구성하는 실질적인 요소는 음악이라는 걸.

택시 문을 여니, 기사의 인사와 함께 음악이 새어나왔다. 만약 택시 안을 채우고 있었던 소리를 음표로 환산해 모두 고체화할 수 있다면, 문을 여는 순간 택시 안에서 음표가 와르르, 하고 쏟아져 내릴 것 같았다. 공항에서 숙소까지 가는 삼십 분 동안 기사는 쉴 새 없이 노래를 따라 불렀다. 이후에 탄 택시, '우버', 버스, 모든 곳에서 음악이 흘러나왔다. 빈 차를 타더라도, 그건 빈 차가 아니었다. 언제나 음악이 먼저 탑승해 있었기에. 더 놀란 건 숙소에서였다. 중남미의 더운 기후 탓에 멕시코의 건물은 대부분 돌로 지어져 있었다. 이건 실내가 시원하다는 뜻이기도 하지만, 실내가 울린다는 뜻이 되기도 한다. 고로 숙소 로비에서 틀어놓는 음악의 저음이 객실 침대 머리맡에서도 울린다. 당연히 밤에는 음악을 끌 줄 알았다. 하지만, 밤이 되니 잔잔한 음악을 틀었다. '잊었어? 여기 음악의 나라야.' 그러다 아주 잠시 음악이 꺼졌다가, 금새 신나는 라틴 댄스 음악으로 바뀐다. 아침이 됐다는 뜻이다. 멕시코에 열흘 머물렀기에, 떠날 때가 되자 240시간 동안 정지 버튼이 고장 난 거대한 스피커 통에 들어갔다 나온 기분이 됐다.

기차와 생맥주

음악을 들으니, 대화는 별로 하지 않느냐고? 그럴 리가. 음악을 배경으로 대화를 나눈다. 발라드 음악에는 끈적끈적한 대화를(난 아직도 널 못 잊겠어. 왜 내 전화 안 받는 거야), 라틴 댄스 음악에는 격정적인 리듬과 고음을 뚫고 정도로 고성의 대화를 나눈다(이봐! 내 말 들려! 나아아안 아직도오오오 너어어얼 모오옷 잊겠으어어어어. 콜록. 콜록. 왜에에에 내애애 저으은화아 안 받는 거야 아아아??!!). 음악과 대화를 얼마나 사랑하는지는 비행기를 타는 순간 제대로 확인할 수 있다. 때마침 멕시코 이어폰 제조 회사의 생산력에 차질이 생겼는지, 현지인들은 각자 전화기를 꺼내 음악을 스피커로 듣고 있었다. 예컨대, 후안은 제니퍼 로페즈의 댄스 음악을, 미겔은 산타나의 기타 연주를, 오수나는 훌리오 이글레시아스의 샹송을 듣는다. 그러면 마치 뮤직 페스티벌에서처럼 여러 무대에서 연주하는 음악이 약간씩 뒤섞이는 분위기가 되고, 여기에 각자의 대화가 뒤섞인다. 그런 분위기 속에서 승무원이 안내 방송을 한다. '비상시 대피 요령에 대해 알려 드리겠습니다…' 이렇게 또 하나의 말이 공기 중에 섞인다.

국가의 구성 요소가 세 가지이듯, 멕시코를 구성하는 실제 요소 역시 세 가지였다. 세 번째는 바로 '소스'(두 번째는 '대화').

어디에 가든, 무얼 주문하든, 항상 소스가 넉넉히 나왔다. 숙소의 침대 머리맡에도 소스가 있었다('자다가 생각나면, 일어나 먹어'). 식당에서 급사는 당연하다는 듯 3단 트레이를 매번 들고 왔다. 트레이의 각 층은 네 구역으로 나뉘어 있는데, 구역마다 다른 소스가 담겨 있었다. 어떤 식당에 가면 4단 트레이, 혹은 6구역으로 나뉜 트레이가 나왔다. 그러니 적게는 12종, 많게는 20종 이상의 소스를 접하게 된 셈이다. 그 소스의 이름을 어찌 일일이 기억하고, 그 맛을 또 어찌 다 기억하겠냐 싶겠지만, 현지인들은 그 20여 종의 소스를 그냥 찍어 먹지 않고, 그 20종의 소스를 혼합해 자기만의 소스를 만들어 먹었다. 그 광경을 목도한 후, 뼈저리게 뉘우쳤다. 글감 탓하며 소설을 안 쓴 나는 단지 게을렀을 뿐이라고. 그냥 창의성이 부족했을 뿐이라고.

이렇게 생각할지 모르겠다. 그럼, 가장 멕시코적인 순간은 '음악이 흐르는 식당에서 대화를 나누며 소스를 듬뿍 뿌려' 타코를 먹는 게 아니냐고. 글쎄. 멕시코에서 가장 많이 경험했던 순간들은, 수다를 그토록 사랑하고, 빨리 말하는 이들이, 이방인이 문법에도 맞지 않은 스페인어를 더듬거리며 천천히 하는데도, 그걸 모두 기다려준 순간들이었다. 수도에서건, 시골에서건,

숙소에서건, 거리에서건… 어디에서든 이렇게 맞아주는 순간이,
내게는 가장 멕시코다운 순간이었다.

프랑스에 대한 이율배반적 감정

1991년, 정신과 의사 오타 히로아키는 '파리증후군'이란 용어를 선보였다. 아름다운 거리와 예술가들을 기대하고 파리로 갔는데, 거리는 지저분하고 사람들은 불친절해 문화 충격을 넘어 우울증을 겪게 된다는 것이었다. 나는 학창 시절에 파리를 방문해, 다소 이른 시기에 그 맨 얼굴을 접했다. 그 후로 파리를 두 어번 더 다녀오며 실상을 좀 더 접했다. 그러다 어느 순간, 실상을 접한 파리를 넘어 프랑스라는 나라 전체를 매력적이지 않다고 여겨버렸다.

어느 정도 나이가 되면, 자신에게 맞는 언어가 무엇인지 파악하게 된다. 아울러 이건, 지극히 개인적인 의견일 뿐이니, 오해 마시길. 절대 어떤 언어가 우월하거나, 어떤 언어 체계가 더 월등하다는 차원의 발언이 아니라, 취향에 좀 더 맞냐 그렇지 않냐 정도의 의견일 뿐이니. 교환학생 시절, 룸메이트가 카메룬 출신이라 불어를 약 일 년 정도 경험했다. 당연한 말이지만, 그는 가족과 통화할 때면 항상 불어를 썼다. 어느 일요일 아침, 자는 중에 고성 섞인 흐느낌이 들려 깨어 보니, 그가 전화로 친누나와 싸우며 울고 있었다. 방성과 통곡이 섞인 불어를 들어본 사람은 이해할 것이다. 불어에 감정이 강하게 섞이면, 그 언어는 주변 모두를 삼킨다는 것을. 물리적 고요는 물론, 내면적 평온과 이성적 판단력까지 삼킨다. 물론, 다른 언어도 그렇겠지만, 그 강도가 내게는 훨씬 크게 느껴졌다. 고로, 나와 불어는 서로 맞지 않다고 여겼다.

그러다 몇 년 전, 한 자동차 회사의 배려로 프로방스 여행을 다녀왔다. 한데, 그때 겪은 프랑스는 그간 품어온 프랑스의 이미지와 완전히 달랐다. 전원은 고즈넉하고 아름다웠고, 사람들은 언제나 웃으며 반겨줬다. 게다가, 카페에서 줄기차게 떠는 수다

소리가 성가시게 느껴지지 않았다. 물론, 이들도 화가 나면 예전의 내 룸메이트처럼 울면서 고성으로 말할지 모르겠다. 하지만, 식당에서건, 카페에서건, 시장에서건, 그들의 대화는 꽤 나긋하게 느껴졌다. 물론, 프로방스에서만, 그것도 내가 방문한 그때에만, 모든 게 순조로웠을지도 모른다.

지난 일 년 내내 나는 조식으로 크루아상을 먹었다. 당연한 말이지만, 프랑스 빵이다. 먹다 보니, 프랑스 밀가루로 만든 크루아상이 더 맛있었다. 간혹 토스트도 먹는데, 이 역시 프랑스 버터를 발라 먹으니 더 맛있었다. 크루아상에 들어가는 버터도 프랑스 버터로 만든 게 더 맛있다. 그 덕에 한동안 '음. 프랑스는 매력적이지 않지만, 크루아상만은 훌륭하군' 하고 생각했다.

최근에는 한 잡지사로부터 특급 호텔 투숙기를 청탁받아 그 호텔에서 프랑스 요리를 먹었다. 그간 수차례 프랑스 요리를 먹으며, 대체 왜 프랑스 요리가 세계 3대 미식에 속하는지 이해 못 했는데, 마침내 그날 이해했다. 우주 같은 치즈와 소시지의 세계를. 식전주와 식사 중 와인과 식후 디저트의 오묘한 조화를.

얼마 전엔 '파리 생제르망'의 축구 시합을 봤는데, 화끈했다. 이번에도 생각했다. '음. 파리는 안 내키지만, 파리 축구는 훌륭하군.' 지난 월드컵 때, 국적과 상관없이 가장 좋아하는 플레이 스타일의 팀을 찾아보니, 프랑스 대표팀이었다. 역시 생각했다. '음. 프랑스에는 별 관심이 없지만, 축구는 상당히 예술적이군.' 또한, 최근에 갑자기 불어닥친 한파 때문에 서둘러 맘에 드는 외투를 사 입었는데, 내가 프랑스 옷을 샀다는 것을 깨달았다. 그래서 한 생각인데, 알고 보니 나는 프랑스를 좋아하는 것이었다. 쥬 뗌므, 프랑스!

그렇다면 이번 이야기의 교훈은 무얼까. 어떤 것에 대해 '내 타입이 아니야' 하고 담을 쌓을 필요는 절대 없다는 것이다. 사람의 취향은 변하고, 그 사람이 발견하고 경험할 수 있는 대상의 범위는 계속 넓어지니까 말이다. 다른 건 몰라도, 적어도 여행에 관해서는 그렇다. 물론, 그렇다 해서 불친절하고 거만한 사람까지 좋다는 건 아니지만 말이다.

*

이 글을 쓰고 꽤 시간이 흐른 지금은 불어 학원에 다니고 있습니다. 쥬 뗌므, 프랑세!(사랑해요, 불어!) 세상사 참 알 수 없죠? 호호호호.

KTX 타고 한 끼

글은 누군가와 말하면서 쓸 수 없다. 묵묵히 모니터를 바라보며, 한 자씩 써야 한다. 그러니 쓰려면, 혼자여야 한다. 또한, 효자 같은 히트작이 없는 작가(예를 들자면, 나)는 매일 써야 살 수 있다. 결국 매일 쓰고, 매일 혼자 있게 된다. 대단한 작가가 아니고서는 글을 쓸 때 많은 시간도 필요하다. 밤늦게까지 원고와 씨름하기도 한다. 글을 못 쓰면서도 계속 글을 써서 먹고 살려는 작가(예를 들자면, 또 나)는 더 그렇다. 결국 지난 십 년간, 일상의 대부분을 혼자서 보내왔다. 그런데, 스스로도 이상한 건 만날 혼자 있으면서도, 힘이 들 때면 더욱 혼자 있고 싶다는 점이다.

하지만, 나도 한 가족의 구성원이고, 한 사회의 구성원이다. 태연하게 '아. 오늘은 혼자 있고 싶어' 하며, 티셔츠에 달린 후드를 뒤집어쓰고 새벽까지 엎드려 있을 수는 없다. 한데, 이런 욕구를 억누른 채 지내면, 누구라도 지치기 마련이다. 급기야 작년 초, 내 안의 의욕이 전소했고, 생활의 변화가 필요했다. 이 지면의 독자라면 알 것이다. 내가 기차의 물성, 즉, 그 좌석의 촉감, 차창 뒤로 물러나는 풍경을 얼마나 좋아하는지. 그리고 삶의 의욕을 회복하기 위해서는 식욕부터 되찾아야 하는 것 아닌가. 그렇다. 채식주의자에겐 미안하지만, 상실한 의욕을 회복하고자 KTX를 타고 훌쩍 떠났다. 혼자서 한우를 한 끼 하려고.

도착한 곳은 경주의 31년 된 한옥집을 개조한 식당이었다. 벽에는 백호가 내게 성큼 다가오고 있는 자수 걸개가 걸려 있었고, 출입문 유리에는 명조체 붓글씨로 '소금구이' '숯불갈비'라고 큼직하니 쓰여 있었다. 그리고 '아. 이게 빠지면 안 되지'라는 식으로, 지역 신협이 인근 상인에게 배부한 달력도 걸려 있었다. 한옥집의 마당 곳곳에는 장독대도 무심하게 놓여 있었다. 기차를 타고 고작 두 시간 남짓 왔을 뿐인데, 먼 곳에 온 게 아니라, 먼 때로 거슬러 온 기분이 들었다.

둥근 석쇠 안에는 숯불이 붉게 타오르고 있었고, 그 숯불로 달궈진 석쇠 위에 고기를 올려놓으니 방안에 지글지글 익는 소리가 연기처럼 퍼졌다. 고기 익는 소리와 그 고기가 뿜어내는 연기, 그리고 그 앞에 놓인 배고픈 행락객. 서울을 떠나 두 시간 뒤에 만나볼 수 있는, 기분 좋은 조합이었다. 분위기에 취했기에 내장도 취해보려, 소주를 한 병 비웠다. 주인장은 늦은 시간에 와서 고기 2인분에 소주 한 병을 마시는 손님에게 호기심이 동했는지 물었다. "무슨 일을 하시기에…?" "글쟁이입니다." 그러자 "아, 우리 집에 취재하려고 오셨구나" 하며 갈빗살을 들고 와 서비스라 했다. 극구 사양했지만, 사장님은 이미 갈빗살을 화로 위에 올려놓은 후였다. 나는 취재차 온 게 아니고, 책에도 쓸 일도 없으니 서비스로 주신 것도 값을 치렀다. 그런데 일 년이 흐른 뒤, 그 이야기를 이렇게 쓰고 있다(그리고 당신이 알고 있듯, 이 글은 결국 책으로 출판되었다). 어쩌면, 사장님은 긴 안목으로 갈빗살 인심을 베풀었는지 모른다. 매출도 올리고, 말이다. 게다가, 이 글에 굉장히 인심 좋은 사람으로 묘사되고 있다. 실제로 그러했기에, 이 말엔 거짓이 추호도 없다.

　내가 이 글을 쓴 이유가 뭘까. 다들 코로나19 때문에 어딘가로 훌쩍 떠나지 못하는 걸 알고 있다. 이런 때가 되니, 나 역시 예전에 어딘가로 다녀왔던 추억들을 회상하며 보낸다. 그러다, '퇴근○'이라는 경주 고깃집에 갔던 일이 떠오른 것이다. 이 글을 쓰면서, 새삼 느꼈다. 사람은 베풀어야 한다. 나를 잘 먹게 해줬던 고깃집 주인은 내 몸뿐 아니라, 기억도 살찌게 해줬다. 이야기를 팔아먹고 사는 사람에게는 더할 나위 없이 필요한 영양분이다. 지금 당장은 그 식당까지 갈 형편이 못 된다. 고마움을 어찌 갚을까 하다, 상관없을지 모르겠지만 그 지역 주민을 위해 소액이나마 기부를 했다. 마지막 기부는 약속한 지면의 분량이 마침 두 줄 남아서 썼다. 정말, 그뿐이다(밑줄은 그냥 한번 쳐봤다. 다채로운 편집 디자인을 위해).

　여하튼, 전염병만 도는 게 아니다. 사랑도 돌고 돈다.

부에노스아이레스의 시간

이런 말이 어울릴지는 모르겠지만, 스스로를 '과거형 인간'이라 생각한다. 요즘 사람들은 잘 읽지 않는 소설을 쓰고, 잘 보지 않는 연극을 좋아하고, 잘 듣지 않는 라디오를 즐겨 듣는다. 영화도 OTT 서비스가 아니라, 특별한 일이 없는 한 굳이 개봉관에 가서 매주 한 편씩 본다. 여하튼, 아날로그형 인간답게 여느 때처럼 라디오를 듣고 있었는데, 출연자들이 '이상형 월드컵'이란 게임을 하고 있었다. 마치 월드컵 토너먼트처럼 자신들의 '이상형'을 골라내는 게임인데, 듣다 생각해봤다. 나만의 '여행지 이상형 월드컵'을 하면 어떨까 하고.

기차와 생맥주

후보 자격은 지난 십 년간 내가 다녀온 모든 여행지다. 강력한 후보로 멕시코의 '산 크리스토발 데 라스 카사스'와 태국의 '빠이', 벨기에의 '겐트'가 있었지만, 최종 우승은 아르헨티나의 '부에노스아이레스'가 차지했다. 여기에는 나의 개인적 경험이 큰 역할을 했다. 왜냐하면, 부에노스아이레스 여행을 하려고 별생각 없이 예약한 숙소가 알고 보니 아르헨티나의 국민 소설가인 '아돌포 비오이 카사레스'의 집이었기 때문이다. 물론, 그는 1999년에 세상을 떠났다(마치, 21세기는 사람 살 때가 아니라는 듯). 그렇기에, 내가 머문 숙소는 누군가 '아돌포 비오이 카사레스'가 살던 집을 산 것이다. 그 누군가는 어쩌다 시대의 흐름에 따라, 자기 집을 공유 숙소에 올려놓았고, 마침 한국의 '국민(적 외면을 받는) 소설가'인 내가 그 집에 머물게 된 것이다. 아르헨티나 소설가라 하면 대부분 '호르헤 보르헤스'를 떠올리는데, '아돌포 비오이 카사레스'는 그의 절친한 친구이자, 그와 공동으로 작품을 낸 적도 있는 작가다(카사레스의 대표작인《모렐의 발명》은 '민음사 세계문학전집'의 165번째 책으로 발간돼 있기도 하다).

아무튼, 카사레스의 집은 우리로 치자면 명동에 해당하는 번화가에 있었다. 명동에 우리나라 최초의 백화점이 있듯, 카사레스의 집에서도 불과 5분 거리에 지은 지 백 년이 넘은 '갈레리아 파시피코' 백화점이 있었다. 첫날에 숙소에서 눈을 뜨고 난 후 슬리퍼를 신은 채 발코니에 가서 아래를 내려보니, 슈트에 넥타이 차림을 하고, 머리를 단정하게 넘긴 샐러리맨들이 선글라스를 낀 채 활기차게 움직이는 풍경이 보였다. 내 머리에는 까치집이 지어져 있었고 눈에는 눈곱이 덕지덕지 붙어 있었지만, 이곳이 아르헨티나에서 가장 번화한 곳이라는 걸 한눈에 알 법한 순간이었다. 잽싸게 씻고 외출하니, 가장 번화한 곳인데도, 백 년의 역사가 새겨진 가게가 즐비했다. 어쩐지 과거 속으로 들어간 기분이었다.

부에노스아이레스는 전성기를 1930년대에 맞았다. 1929년에 대공황의 여파가 세계를 휩쓸자, 상대적으로 경제적 기반이 취약했던 남유럽은 직격타를 맞았다. 이탈리아를 비롯한 남유럽인들은 새로운 땅에서의 도약을 도모했고, 이들을 잔뜩 실은 배가 닻을 내린 곳이 바로 부에노스아이레스 항구였다. 세계 각국에서 몰려온 노동자들로 남미의 새로운 이민자 도시는 활기를 띠었고, '남미의 파리'라고 불릴 만큼 낭만적 분위기가 피어났다. 아이로니컬하게도 세계 대공황의 결과로, 부에노스아이레스는 호황을 맞이한 것이다.

또 다른 아이러니는 그 도시의 활기는 1930년대에 끝이 났다는 것이다. 그래서, 2019년에 여행을 한 내게 1930년대로 돌아간 듯한 착각을 불러일으킨 것이다. 사람과 패션은 변했겠지만, 적어도 건물과 내부 장식은 확실히 1930년대에 머물러 있다. 때로는 가구도 30년대에 머물러 있는 것 같다. 그 영향 때문인지, 찻잔도, 접시도, 웨이터의 복장도 흑백영화 속에서나 볼 법한 분위기를 풍겨냈다.

어디를 가더라도 아날로그 정서가 나를 따라다녔다는 것이다. 그래서일까. 이들은 과거를 추억한다. 어쩌면 새로운 변화가 없었기에, 과거 속에 갇혀 사는 것일지도 모르겠다. 하지만, 여전히 소설이라는 과거의 산물을 업으로 삼고 있는 내게는, 이들의 '과거 지향적인 삶의 자세'가 반가웠다. '아돌포 비오이 카사레스'의 집에서 눈을 떠, 검은 가죽수첩을 하나 챙겨 들고, 커피를 한잔하려고 십여 분 정도 걸어서 가면, 그곳은 또 보르헤스가 단골이었던 카페 '토르토니'(since 1858)가 있었다. 새로운 변화를 원하는 현지인에게는 상당히 미안한 말이지만, 여행을 가면 여전히 펜을 쥐고 손으로 기행문을 쓰고, 여전히 라디오를 즐겨 듣고, 여전히 사람들이 읽지 않는 소설을 쓰면서 살아가는 '과거형 인간'인 나에게 부에노스아이레스는 기회만 된다면, 언젠가 방 하나를 얻어 소설을 완성할 만큼 머무르고 싶은 곳이다. 그 거리에는 내년에도, 내후년에도 내 손목시계와는 다른 시간이 흐르고 있을 테니 말이다.

외국어를 공부하는 이유 1

이 칼럼을 책으로 내기로 한 출판사 대표가 요청했다. 여행
에세이를 떠올릴 때 독자가 기대하는 글 몇 편을 추가로 써달라
고. 한데, 내게는 소설가로서 치명적인 문제가 있다. 남이 정해
준 주제로 글을 못 쓴다는 것이다. 문필가라면 내키지 않는 주
제라도 '뭐, 어쩔 수 없지' 하는 마음으로 펜을 잡고 쓱쓱 쓰면
그만일 텐데, 그게 잘 안 된다. 스스로 정한 주제가 아니라면 아
무리 머리를 굴려도 아이디어가 떠오르지 않는다. 하여, 출판사
대표에게 전화를 걸어 비굴하게 '어찌 좀 안 되겠느냐'며 80년
대 마인드로 읍소했다. 대표는 애초에 요청한 글감에서 절반을

줄여줬는데, 그 와중에 절대 포기할 수 없는 게 있다 했다. 그건 바로 '최민석은 왜 외국어 공부를 하느냐'는 것이다.

듣고 보니 의아했다. 나는 십 년째 승진을 못해 외국어 시험을 쳐야 하는 만년 과장도 아니고, 졸업 요건으로 제2외국어 성적을 제출해야 하는 대학생도 아니다. 그렇다고, 외국에 친척이 있거나, 사놓은 집이 있어서 외국에서 거주할 일이 있는 것도 아니다. 그래서 이런 질문을 받으면 '어… 어… 그게… 취미죠'라고 어영부영 대답하고 만다. 이러면 대개 듣는 쪽의 얼굴이 좋지 않다. '흥. 바쁜 현대사회에 취미로 스페인어와 프랑스어를 공부한다고요'라고 말하는 듯, 어쩐지 어울리기 싫다는 표정을 짓는다(물론, 직접적으로 말하는 사람은 없습니다. 당연하죠. 그냥 제가 이리 느낄 뿐. 네, 소심한 사람입니다).

그래서인지 예전에는 스페인어 학원을 다녔고, 지금은 프랑스어 학원을 다니고 있는데, 취미로 배우는 사람은 나밖에 없었다. 모두, '아, 다음 달에 B1 시험을 위해 힘냅시다!' 라는 뚜렷한 목표를 갖고 있었다. 일본어 학원을 다닐 때에도 마찬가지였다. 이거 나도 시험이라도 쳐야 하는 게 아닌가, 라는 조바심이 들기도 했지만, 성적이 나와도 제출할 데가 없다. 그래서, 자문했다. 나는 왜 3년마다 새로운 외국어를 배우는가.

아마 출판사 대표는 이 책의 특성상 '여행 가서 써먹으려고 배웁니다'라는 대답을 기대했을지도 모른다. 그 기대에 부응하지 않을지는 모르겠지만, 이렇게 된 이상 솔직히 말할 수밖에 없다. 편의상 취미라 했지만, 엄밀히 말해 나는 취미로 배우는 게 아니다. 정말 터놓고 말하자면, 머리를 식히기 위해서 외국어 공부를 한다. 사실, 안 그래도 없는 친구들이 떠날까 봐 차마 말 못했다. 그래도 더 솔직하게 말하면 이해해줄지 몰라서 고백한다. 조금 기니까, 양해해주시길.

요즘 나는 장편소설을 쓰고 있다. 재미있지만, 이건 말하자면 자신을 괴롭히는 재미다. 무슨 말이냐면, 현재까지 총 10장(Chapter)을 썼는데, 한 챕터를 쓰는 데 평균 2~3일이 걸린다. 그런데, '10장(챕터10)'을 쓰는 데는 자그마치 열흘이 걸렸다. 이럴 때면 정말 죽고 싶은 기분이다. 시작하는 것부터 어렵고, 시작을 어렵사리 하더라도 이어가는 것이 어렵고, 어렵사리 이어가면 결론 내기가 어렵다. 어렵사리 결론을 내봤자, 챕터 전체가 별로다. 하는 수 없이 챕터 전체를 지워야 한다. 그리고, 다음 날 백지가 된 모니터를 보고 있으면, 머릿속도 백지가 된다. 이 단계에 이르면, 지워버렸지만 아까운 내 자식들(문장들)을 하나 둘씩 되살린다. 이 녀석은 그리 안 읽히지 않잖아, 이 녀석은 서사에 필요하잖아, 라는 식으로 되살려서 다시 보면, 역시나 별로다. 처음부터 별로였던 것은 되살려도 별로라는 것을 지난 십 년 동안 깨달았다. 하지만, 미련의 굴레에 빠져 이 멍청한 짓을 십 년간 반복해왔다. 그러면 결국, 며칠 동안 썼던 것을 다 지우고, 머리도 마음도 비워내고 새로 쓰는 수밖에 없다. 이게 소설을 쓰는 과정이다.

이럴 때 잠시 머리를 식히기 위해 스페인어나 프랑스어 공부를 하면 용기를 얻게 된다. 소설은 아무리 쓰고, 아무리 쥐어짜도, 정답이 없다. 소설을 십 년쯤 쓰면 잘 쓸 줄 알았지만, 처음 쓸 때보다 더 어렵고 더 두렵다. 이건 소설을 사십 년 쓴 대선배도 같은 심정이라고 말해서 이미 각오하고 있다. 그런데, 외국어는 너무 솔직해서 좋다. 그 어느 누구도 전혀 듣지 않은 문장을 입으로 말해볼 수는 없다. 물론, 상상해서 조합해볼 수는 있겠지만, 자연스러운 표현은 모두 공부를 통해서 나온다. 즉, 외국어 학습은 하는 만큼 솔직하게 결과가 나오는 아주 정직한 세계다. 반면, 소설은 아무리 매달리고, 아무리 다가가도, 쉽게 열매를 내어주지 않는다. 그렇기에 이 불확실하고, 불투명하고, 깜깜한 세계를 걷는 것을 직업으로 삼은 자에게, 외국어 학습은 적어도 노력하면 이룰 수 있다는 것을 보여주는 땀의 보증서 같은 것이다.

이마저 없었다면, 나는 진작에 무너졌을지 모른다. 소설가는 몸도 쓰지만, 결국에는 머리를 쓴다. 한데, 창작의 세계에서는 아무리 머리를 써도 해답을 찾기 어렵다. 그렇기에 어둠 속을 걷기만 할 때, 시간을 들이면 조금씩 나아질 수 있다는 아주 명징하고 보상이 명백한 세계가 있다는 것은 언제나 힘을 준다. 그래서 그 단순하고 명확한 진실을 잊지 않기 위해 외국어 책을 펼친다.

물론, 단점도 있다. 소설은 안 늘고, 외국어만 는다는 것이다. 쏼라 쏼라.

외국어를 공부하는 이유 2

제목을 보면 알겠지만, 사람은 변한다. 바로 앞글에서 타인이 정한 글감으로는 못 쓰겠다고 장구하게 말해놓고, 지금은 정해준 그 글감의 속편을 쓰고 있다. 변명하자면, 인간의 신념은 영속하지 않고, 자본 앞에서 쉽게 굴복한다는 것을 몸소 증명하려 한 것이다(내 이미지까지 스스로 깎아가면서 말이다. 내가 이렇게 희생적인 존재다). 어쨌든, 펜을 다시 든 이유는, 이 주제로 할 말이 더 있기 때문이다(출판사 대표님, 독심술 하세요?)

저번 글에 밝혔다시피 내게 외국어 학습은 실용성과 상관이 없다. 당장 단어를 백 개 더 외운다 해서 계좌로 입금이 되지도 않고, 안 팔리던 내 책이 더 팔리지도 않는다. 프랑스 친구가 "무슈. 민석. 이젠 완벽하게 말이 통하네요! 울랄라!" 하며 감탄할 일도 없다. 다들 알겠지만, 한국인 친구도 없는데, 무슨 프랑스인 친구가 있단 말인가. 마찬가지로 스페인 친구가 "세뇨르, 민석. 이젠 스페인어로 소설을 써도 되겠어요. 뻬르뻭또(완벽해!)"라며 손뼉 칠 일도 없는데, 그 이유는 다들 아실 테니 생략하자 (라면서 써버렸네요, 나도 참…).

암튼, 이렇게 '제3' 혹은 '제4외국어'쯤 되는 것을 학습하면 실용성은 떨어질지 몰라도, 세상을 이해하는 데는 도움이 된다. 예컨대, 로망스어군의 언어가 대부분 그렇듯, 불어 역시 명사의 남성형 표현과 여성형 표현이 다르다. 친구 'ami(아미)'는 상대가 남자면 'ami', 여자면 끝에 'e'를 붙여 'amie'라고 써서 구분한다. 그런데, 교수인 '프호페서흐(professeur)'는 남자를 뜻하는 표현밖에 없었다. 황당하게도 '여성 교수'를 뜻하는 단어 자체가 없었고, 불과 몇 년 전에야 생겼다고 한다. 이유는 교수가 예전에는 모두 남자였기 때문이란다. 그러니, 여성 교수들은 자신을 '남자 교수'라는 단어를 빌려 표현할 때마다 얼마나 속으로 분

노했을까. 한 사회의 변화에는 여러 동인이 있겠지만, 매일 쓰는 언어에 불평등이 존재한다면 결국 그 사회는 변할 수밖에 없다. 사견이지만, 프랑스는 다른 나라에 비해 좀 더 일찍 여권 신장에 노력을 기울인 것 같은데, 언어적 불평등을 떠올려보면 변화가 쉽게 이해된다. 이런 식으로 외국어를 배우며 세상을 조금씩 알아가는 게 흥미로웠다.

또 다른 것. 심히 흠모하고, 언젠가 한번 비슷하게라도 써봤으면 좋겠다고 여기는 작품이 있다. 바로, 가브리엘 가르시아 마르께스의 《백년의 고독》. 다들 알겠지만, 이 소설은 '부엔디아' 가문의 7대에 걸친 대서사다. 부엔디아 가문은 끝없이 고독의 문제에 시달리고, 극우파와 정치적 갈등을 빚으며 거의 모든 가문 구성원이 쏠쏠하게 죽어간다. 처음에 읽을 때 가문 이름에 대해 별로 생각하지 않았다. 그런데 스페인어를 배우고 다시 책을 펼쳐보니 그제야 가문 이름이 눈에 들어왔다. '부엔디아(buen dia)', 좋은 날이란 뜻이다. 그러니, 그토록 고독에 떨고 전쟁에 나가 치열하게 싸우고, 사랑하는 이가 사촌이라 고통에 떨며 죽지 못해 살았던 날들이 사실은 모두, '좋은 날'이었던 것이다. 살아 있다는 것 자체로 좋으니, 뭔가를 위해 뜨겁게 살 수 있다는 사실 자체로 좋으니, 누군가로 가슴이 뛴다는 사실 자체가 고마운 일이니, 결국 쓸쓸히 사라진 이 가문의 이름은 역설적이게도 '좋은 날'이었던 것이다.

정리하자면 외국어를 공부하는 건, 이 광활하고 끝이 없는 세계에서 먼지처럼 살아가는 한 미미한 존재가 세상의 본모습을 조금이나마 엿보고, 세상이 겪어온 진짜 사연을 약간이나마 들을 수 있는 기회를 가지고 싶어서다. 그러고 보면, 내가 소설을 읽고 쓰는 이유도 비슷하다. 내가 속한 세상을 이해하고, 재미있게 만들어보고 싶어서다. 그래야, 내 삶이 흥미로워질 테니 말이다. 아직은 다른 사람이 만들어서 누리는 재미가 아닌, 직접 쏟은 땀과 시간으로 누리는 재미, 그게 가장 값지고 나를 설레게 하기 때문이다.

"노 프라블럼!"

　매달 그렇지만, 이번에도 지난 한 달간 구상한 마흔두 개의 글감이 자신을 간택해달라고 머릿속에서 아우성치고 있었다. 그런 고민을 안고 식사를 하러 갔다. 별 기대 없이 간 식당은 인도 레스토랑. 낮은 기대치 덕분인지, 음식 맛에 대만족했다. 이런 식당을 재방문하지 않는 건 죄악이다. 예약이 되냐고 물으니, 사장은 인도인 특유의 여유로운 표정으로 명함을 건네며 말했다. "노 프라블럼." 이 말이 내 달팽이관을 통과하자마자, 머릿속에서 아우성치던 마흔두 개의 글감이 급사해버렸다. 노 프러블럼이라니! 내가 '노 프러블럼'에 민감한 건 다 이유가 있다. 사정을 이해하려면, 시곗바늘을 십 년도 훨씬 더 된 시간만큼 되감아야 한다. 소설가가 되기 전, 그러니까 직장인 최민석이 인도로 출장 갔던 시절 이야기다.

'간디' 저리 가라 할 만큼 이타적이었고, 양심적이었던 청년 최민석은 국제 구호기관에서 근무했다. 자랑하려는 건 아니고, 설명한 이유가 있다. 비영리법인이기 때문에 출장을 가더라도, '싸고 괜찮은' 숙소에 묵어야 했던 것이다. '싸고 괜찮은' 숙소에 묵어본 사람은 안다. 저 단어의 방점은 '싸고'에 찍힌다는 것을. 내가 묵은 인도의 숙소엔 없는 것 천지였다. 빗도, 헤어드라이어도, 칫솔도, 슬리퍼도 없었다. 다른 건 괜찮았지만, 방바닥이 인도의 길바닥과 다름없었기에 슬리퍼만은 간절했다. 프런트 데스크에 전화하니, 곧장 사람을 올려 보내겠다 했고, 그들의 기준으로 '곧장'에 해당하는 한 시간 뒤 직원이 올라왔다. 다음은 당시의 대화.

 – 방에 슬리퍼가 없습니다.
 – 슬리퍼? 그게 뭐죠 선생님?(왜 지구가 둥그냐는 표정)
 – 발가락이 앞으로 나오고 뒤꿈치가 개방된 신발로⋯(약 2분

간 설명)

- 아! 그거 말씀이시군요.(맞아, 지구가 둥글었지! 하는 표정) 그런데, 우린 그거 밖에서 신는데요!
- 아. 그래요?(이번엔 내가 당황)
- 종합하자면, 당신은 지금 밖에서 신는 신발을 안에서 신겠다는 거군요.
- 네. 그렇습니다.(이상한 느낌의 엄습)
- 그럼, 그냥 네가 밖에서 신는 신발을 여기서도 신으면 되잖아. 노 프라블럼. 어때? 마이 프렌드!"

지구가 사각형이 된 기분이다. 게다가, 잠깐 대화를 나눈 사이, 호칭은 '선생님'에서 '친구'로 급변했다. 친구가 된 급사는 또 몇 분 뒤에는 나와 어깨동무를 하고 있었고, 역시 "친구는 좋은 걸 함께 나눠야 한다"라며, 달러를 좀 줄 수 있느냐 물었다.

그는 내가 건넨 돈을 흔들며 말했다. "마이 프렌드. 이건 봉사료가 아니야. 자네가 나한테 준 선물이라고." 노파심에 말하자면, 나 역시 받은 게 있다. 그의 '미소'를 말이다. 친구의 표현에 따르면, 결코 잊을 수 없을 추억이라 했는데, 그 말은 맞다. 십수 년이 지난 지금도 못 잊고 있으니까!

암튼, 친구의 호텔은 '없는 것투성이'는 아니었다. 명백히 존재하는 게 있었다. 그게 '문제'라는 게 문제였지만. 객실의 TV 화면에는 장대비가 주구장창 쏟아져, 모든 채널의 모든 프로그램이 장마 기간에 찍은 듯했다(당연한 말이지만, 그 TV 화면에서만 그랬다). 냉장고 문을 열었을 때는, 나는 그게 새로 나온 '냉장고 모양의 보온통'인 줄 알았다. 아무튼, 그때마다 그는 '노 프라블럼'을 외치며 나타났는데, 그럴 때마다 숙면 중이던 객실의 문제들이 하나씩 깨어났다. 작동되지 않던 에어컨은 작동이 시작되더니 탱크 진격 소리를 냈고, 친구가 TV를 몇 번 때려 화면이 제대로 나오면, 이번엔 볼륨이 별안간 폭우 소리로 바뀌었다. 결국 나는 '노 프라블럼' 신드롬에 시달렸다. 인도 호텔의 전자제품에는 일종의 '에러 총량의 법칙' 같은 게 존재하는 게 아닌가 하는 망상까지 했다. 하나를 고치면, 다른 하나가 고장 나야 하는….

게다가, 인도 남부 지방은 긍정을 표할 때, 고개를 흔든다. "만나서 반가워, 기뻐(흔들흔들)." "세 시에 볼까?" "오케이(흔들흔들)." "이거 좀 고쳐주실래요?" "오. 당연하지. 노 프라블럼(매우 흔들흔들)." 이 역설적인 긍정법이 매우 헷갈렸는데, 어느새 전염돼 나 역시 고개를 흔들었다. 그런데 해본 사람은 알겠지만, 이게 대충 흔들어서 되는 게 아니다. 고개를 갸우뚱해서도 안 되고, 한쪽으로만 흔들어서도 안 된다. 양쪽으로, 여러 번에 걸쳐 흔들어야 한다. 강한 긍정을 할 때는 고개를 강하게 흔들며, 거센 발음으로 "오께이. 오께이" "노 쁘라블럼" "노 쁘라블럼"을 외쳐야 하는데, 해보면 엄청 어지럽다. 에너지도 상당히 소모되는데, 내가 이걸 하면 현지인이 엄청나게 '깔깔'대며 좋아했다. 외국인이 한식당에 와서 "이모. 여기 청국장 추가요!"라고 외치는 느낌이랄까. 현지 직원들에게 우호적인 인상을 줘야 했기에 온종일 "노 쁘라블럼"과 "오께이"를 외치며, 고개를 좌우로 열심히 흔든 후 저녁 즈음이 되면 내 영혼마저 흔들린 기분이 들었다. 낮에 너무 세차게 흔들다가 영혼이 그만 빠져나가버린 게 아닌지 의심이 들 정도였다.

얼마나 고개를 저었는지 인도 출장을 다녀올 때마다, 목 관절이 뻐근했다. 그때마다 '노 프러블럼'을 외쳤고, 문제가 생길 때마다 '노 프러블럼'을 들었으니, '노 프러블럼'을 좋아할 리 없다. '노 프러블럼'이 실은 '매니 프러블럼'의 동의어라는 사실도 깨닫게 됐다. 그런데, 시간이 지나고 나니 인도만큼 인상적인 나라는 없었던 것 같다. 대체 급사도 살만 루시디처럼 장광설을 풀어놓고, 냉장고도 온장고인 척하는 나라는 어디에 있단 말인가. 이야기로 먹고사는 사람에게 이렇게 반가운 나라는 없다. 그래서 믿을지 모르겠지만, 나는 인도를 사랑한다.

어찌 됐든 인간은 해답을 갈구하는 존재다. 아이를 키우며, 아이의 눈으로 세상을 다시 보기 시작했고, 지난 일들을 반추하며 과거의 의문에 대한 답을 하나씩 구하기 시작했다. 그 와중에 '노 프러블럼'이 떠올랐다. 그들은 왜 '노 프러블럼'을 입에 달고 살았을까. 그렇다 해서 바뀌는 것 하나 없는데…. 그러다 역으로 생각했다. '노 프러블럼'은 '매니 프러블럼'의 동의어가 아니라, 생략형이 아닐까 하고. "(There will be) No problem(문제가 없어질 겁니다)." 더 정확히 쓰자면, "If you hope, there will be no problem(당신이 바란다면, 문제가 없어질 겁니다)." 좀 쑥스럽지만, '희망형'이 아닐까 하고. 꽤 식상한 결론 같지만, 이렇게라도 답을 얻으면 나조차 몰랐던 과거의 행동이 설명된다. 나도, 그들도 매번 거세게 흔들며 노 프러블럼을 외쳤으니, 실은 그만큼 바랐던 게 아닐까 하고.

*

그나저나 식당 사장님. 예약 정말 "노 프라블럼"인거 맞죠?

기차와 생맥주

인풋과 아웃풋

매회 정통 여행 칼럼만 쓰면 독자도 지칠 테니, 이번엔 '여행＋건강＋마인드 컨트롤＋라이프스타일' 칼럼 한 편.

지난해를 기점으로 맥주를 끊었다. 맥주를 끊은 덕에, 건강해져서 원고에 집중하고, 그래서 원고의 질이 좋아져 마침내 그토록 고대했던 대하 장편소설을 완성했다면 좋겠지만, 위스키에 빠져버렸다. 위스키에 빠진 덕에 대뇌피질의 해마가 죽었고, 그 덕에 기억력이 나빠졌다. 그래서 정확히 기억나진 않지만, 최근 읽은 《맥파이 살인 사건》에 이런 내용이 나왔다. 한 등장인물이 장례식을 싫어한다고. 아끼는 사람이 죽어서 그런 게 아니라, 싫은 사람이 죽어도 사람들은 '아까운 죽음'이었다고 위선을 떨기 때문이라는 것이다.

지난 글에 밝혔듯, 국제 구호기관에서 근무했다. 여기엔 《맥파이 살인 사건》의 장례식 같은 분위기가 존재했다. 직원들은 속내를 드러내지 않았다. 다들 음흉했다는 건 아니고, 좋은 뜻으로 개인의 고충을 감췄다는 것이다. 고통받는 지구촌 아이들의 행복을 위해 일하다 보니 개인의 안위는 뒷전이었다. 대부분, 개인의 불평을 사치로 여겼다. 나는 그 결과 과민성대장증후군에 걸렸는데, 장이 민감한 사람은 안다. 환경이 바뀌는 것이 가뜩이나 예민한 장의 신경을 얼마나 더 곤두세우는지. 기관은 이런 내 속사정을 알 리 없었기에, 나를 꽤 많이 해외로 출장을 보냈다.

당연한 말이지만, 고통받는 지구촌 이웃들이 나의 내부 사정까지 알 리 만무하다. 그들은 내가 갈 때마다, 자신들이 표할 수 있는 최대치의 성의를 표했는데, 장이 민감한 사람은 소망한다. 그게 제발 현지 음식이 아니길. 하지만, 만고불변의 진리가 있으니, 그건 이승환의 노랫말처럼, '슬픈 예감은 틀리지 않는 법.' 몽골의 현지 주민들은 자신들이 아껴 마다 않는 '마유*'로 애정을 표했다. 당연한 말이지만, 이 성의를 거절하면 곤란하다. 상처받기도 한다. 문제는, 마유가 '우유처럼 생긴 술'이라는 것이다. 마셔본 사람은 알겠지만, 일단 코 근처에 오기만 해도 발효주 냄새가 난다. 그리고 장이 민감한 사람에게 발효주만큼 화장실로 가는 속도를 앞당기는 것은 없다.

가는 곳마다 현지 주민이 적게는 열 명, 많게는 오십여 명이, 내가 마유를 쭉 들이켜는 걸 지켜보려 나왔다. 여기엔 또 다른 문제가 있다. 유목민들이 표현하는 성의는 양에 비례한다. 즉, 간단히 '어이. 한국에서 왔군. 마유 한잔해' 하며 컵을 내미는 게 아니다. 이들은 나를 아끼는 만큼, 더 담지 못해 미안하다는 표정으로 항상 됫박에 마유를 담아왔다. 어림잡아도 1.5리터는 됐다. 이들이 원하는 것은 원 샷인데, 1리터쯤 마시다가 한 숨 돌리기 위해 고개를 들 때마다, 마주하게 된다. 어서 빈 됫박을 머리에 털어보이길 원하는 일백 개의 기대에 찬 무구한 시선을. 다시 마유(를 가장한 기이한 냄새의 막걸리)를 마시다 보면, 나도 모르게 괄약근에 힘이 들어간다.

● 말 젖으로 짠 우유 같은 것이다.

아아. 기억도 하기 싫은 게 있는데, 나는 혼자가 아니었다. 미안하지만, 내 장의 입장에서 보자면, 일행은 아군이 아니라, 적군이었다. 주민들은 언제나 일행 수만큼 마유를 준비해놓았다. 그리고, 나는 언제나 일행의 대표였고, 그건 결국 내가 모든 마유를 마셔야 한다는 걸 뜻했다. 그때마다 입이라도 삐뚤어져 있길 바랐다. 그래야 흘리는 마유가 많을 테니. 마유가 목구멍을 넘어갈 때마다 신입생 환영회 때 막걸리를 많이 마셔 사망했다는 기사가 떠올랐다. 하지만, 여태껏 마유를 많이 마시다가 죽었다는 기사는 본 적이 없었기에 결국은 다 마셨다(부디 내가 첫 기사의 희생양이 되지 않길 바라며).

쓰다 보니 기억나는데, 몽골만 이렇지 않았다. 에티오피아엔 에티오피아의 특산물이, 네팔에는 네팔 특산물이 있었고, 시공간의 변화와 상관없이 내 장은 일관성 있게 예민했다. 하지만 장마가 끝나면 해가 뜨는 법. 인도에 가니, 이런 나의 상황을 알고 "노 프러블럼" 하며 고개를 좌우로 저으며(좋다는 뜻) '생 코코넛을 마셔보라' 했다. 정말 코코넛의 뚜껑만 따서, 통째로 마시는 것이었는데, 거짓말처럼 일순 장이 건강해졌다.

기차와 생맥주

아, 예고한 대로 마쳐야지. 그래서 지금은 어떠하냐고? 맥주를 끊었고, 유산균을 먹고, 하루에 두 시간 반씩 걷는다. 스트레스를 받지 않으려 조금이라도 미안한 일이 있거나, 미안하지 않더라도 먼저 사과한다. 이게 장 건강의 비결이다. 그나저나 맥주를 끊은 덕에 장 건강을 얻었지만, 위스키에 빠져 기억력을 잃었다. 이렇듯 인생은 제로섬게임이다.

아무튼, 여러분도 건강하시길. 인간은 인풋도 중요하지만, 아웃풋도 중요한 존재이니까.

왜 공항 생맥주가 맛있을까?

어쩌다 보니, 이번 편이 마지막이네요. 아, 물론 책은 끝나지 않았어요. 다른 형식의 글이 기다리고 있습니다. 여하튼, 지금까지 써온 방식의 글은 이번 편이 끝입니다. 하여, 여행의 끝이 떠올라, 이번에는 여행의 끝에 관한 글 한 편(네. 소재는 이렇게 얼렁뚱땅 정해야 제맛이죠).

여행을 끝내고 공항에 도착하면, 언제나 조금은 쓸쓸해진다. 떠날 때가 되면 아쉬움이 습지의 안개처럼 짙게 마음 바닥에 가라앉는다. 여행을 만족할 만큼 했으면 필시 이 여행이 그리워질 테니 아쉽고, 여행을 맘껏 하지 못했으면 이대로 물러나는 게 아쉽다. 그렇기에 공항에서는 미처 오지 않은 그리움까지 미리 겪는다. 이런 감정에 휩싸이게 되는 공항에선, 남은 시간이 더없이 소중하다. 그러면 이때 공항에서 뭘 할까.

대부분 석별의 한잔을 하며, 아쉬움을 잔에 담아 털어넣는다. 그리고 비행기에서 푹 잘 생각을 한다. 한데, 이게 전부일까. 아니다. 기본적으로 술은 생산지에서 마시는 게 제맛이라 여긴다. 철학까지는 아니지만, 가치관 정도는 된다. 당연히 술을 만드는 사람은 현지 음식과의 조화를 고려한다. 한국 전통주를 양조하며 헝가리의 굴라시와 페어링이 좋지 않다고 좌절하진 않을 것이다(그렇다면, 죄송. 정말 훌륭한 술을 빚고 계시네요!). 요컨대, 술은 현지 안주와 어울린다. 막걸리는 파전, 맥주는 피자, 와인은 치즈, 사케는 사시미. 그런데, 안주는 단지 음식에 제한될까. 보드카는 러시아인의 딱딱하고 억센 대화와 함께 곁들일 때 맛이 더 우러난다. 테킬라는 멕시코의 마리아치 악단이 연주하는 음악을 들으며 마시면, 더 깊이 몸에 스며든다. 안주를 술맛을 돋우는 것이라 넓게 정의한다면, 술은 더욱더 현지에서 마셔야 하는 것이다.

그럼, 공항에서 무슨 술을 마실까. 나는 열이면 열 번 생맥주를 마신다. 바깥에서는 병에 담긴 술도 마시지만, 공항에서는 늘 생맥주를 마신다. 펍이 있으면 펍에서, 없으면 카페나 식당에서 생맥주를 걸친다. 웬만한 병술은 수입해서 마실 수 있고, 수입이 안 되면 한두 병쯤은 사 갈 수 있다. 하지만, 생맥주는 다르다. 아무리 케그를 통째 수입한다 해도, 생맥주의 '생' 자는 '날 生' 자 아닌가. 즉, 살아 있는 맥주다. 고향을 떠나 배를 타고, 험난한 파도를 헤치고, 때로 태풍을 만나고, 선적지에서 굴려지고, 뜨거운 햇살에 데워지고, 다시 창고에서 방치되고, 또 기대와 달리 자신을 찾는 이가 별로 없어 어쩔 수 없이 오랜 시간을 기다리다 보면 본의 아니게 생명력을 잃고 만다. 메뉴판에는 분명 '생맥주'라 쓰여 있지만, 이렇게 생명력을 잃어버린 맥주를 만나면, 한없이 슬퍼져 맥주잔 안으로 내 눈물까지 더해져 맛이 이상해진다… 라는 건 과장이지만, 왠지 현지에서 마시던 맛이 나지 않는다. 유독 생맥주가 더 그렇다. 아무리 잘 팔리는 생맥주라도, 왠지 신선하지 않은 것 같다. 심지어, 한국에 온 지 며칠 안 된 생맥주도 그렇다.

이렇게 여기는 이유는, 앞서 말한 대로 곁들일 수 있는 '광의

의 안주가 다르기 때문이다. 그렇기에 원산지에서 마시는 마지막 생맥주 한 잔은 실로 귀하다. 어쩐지 '최후의 성배'를 들듯 숭고한 자세로 마시게 된다. 이때가 되면 펍의 TV에서 나오는 뉴스, 현지인들의 대화, 여행객들이 캐리어를 끄는 소리, 항공 탑승 안내 방송, 맞은편 가판대에 꽂힌 현지어로 인쇄된 종이신문과 잡지, 긴 비행의 친구가 되어줄 페이퍼백 소설 같은 모든 게 안주가 되어 풍미를 더해준다. 그래서, 공항에서 생맥주를 마시다 보면, '아니, 바깥에서는 왜 이 맛이 안 났지?' 할 만큼 눈이 커진다. 첫 모금을 들이켤 때부터 목에서 시원하게 넘어가, 여행의 기억과 정서가 내 몸 안에 퍼지는 것 같다. 약간 과장하면, 여행의 추억과 내가 하나가 되어, 내가 여행이 되고 여행이 내가 되는 물아일체를 경험하는 것 같다. '거, 허풍이 지나친 거 아니오' 할지 모르겠다. 한데, 나는 십 년 간 이렇게 해왔다. 이렇게 마지막 몇 모금으로 여행지에서의 경험과 추억을 내 것으로 만들어왔다. 그 경험이 나쁘지 않았기에, 적어도 나에게는 효과가 있었기에, 줄곧 마셔왔다.

마지막 편을 이대로 끝내기에 서운하니, 몇 줄 더 적는다. 나는 공항에서는 생맥주를 마시며, 내 여행의 마침표를 찍는다. 그럴 때면 아주 긴 장편소설을 쓰고 나서 마지막 문장의 마침표를 찍을 때의 기분이 든다. 고치기 위해서 필연적으로 다시 들춰보겠지만, 우선은 이렇게 일단락을 짓는다. 그때의 시원섭섭하면서도, 미련 가득한 감정에 젖는다. 언젠가는 다시 오고 싶을 것이고, 돌아올 수 없다면 걸핏하면 여행을 안주 삼아 마실 것이고, 추억 삼아 떠벌릴 것이다. 여행지의 냄새와 풍경을 떠올리며 글도 쓸 것이다. 그럼에도 긴 소설의 초고는 끝내야 하고, 여행 역시 끝내야 한다. 누구에게나 삶은 기다리고 있으니까. 이런 연유로, 긴 소설의 초고를 그저 마침표 하나로 끝내듯, 내게 여행의 일단락은 언제나 '공항의 생맥주'다. 누가 보든 말든…, 결국엔 공항 펍의 구석에 앉아 여행지에서의 모든 추억과 감정을 생맥주 한 잔에 담아 마지막으로 쭈욱 들이켠다. 꿀떡 꿀떡 꿀떡…….

기차와 생맥주

*

다음의 글들은 〈피치 바이 매거진〉으로부터
'픽션과 에세이'를 결합해 써달라는
청탁을 받고 쓴 글입니다.
제가 한 여행을 기반으로 하되,
소설가의 상상력을 '약간(?)' 가미하여 썼습니다.

사 건 명 ' 보 고 타   아 침   이 슬 '

1.

이건 모두 내 몸이 한때 '우울의 침대'에 묶여 있었기에, 일어
난 일이다.

5년 전에 결혼한 후 아이를 키우고 있었는데, 그때부터 장편
소설을 한 권도 쓰지 못했다(물론, 내 의지 탓이다). 소설가라는
직업은 돈을 위해 택한 것도 아니고, 명예를 위해 택한 것도 아
니다. 오로지, 창작의 기쁨을 만끽하기 위해서였다. 한데, 결혼
후의 나는 어느덧 생계를 위해서만 쓰는 글쟁이로 둔갑해 있었

기차와 생맥주

다. 소설은 뒷전이고, 생계비와 육아비를 위해 지방을 오가며 행사와 강연을 하고 있었다. 집에 오면 육아와 살림을 하고, 밖에 나가면 노동을 했다. 게다가, 내 명의로 된 부친의 은행 대출도 있었다. 부친의 사업 실패 탓에, 내 수입의 8할은 내가 쓴 적도 없는 대출을 갚는 데 쓰였다. 이렇게 3년을 살면, 어떻게 되는지 아는가. 사람이 무너진다.

처음에는 내 앞을 걸으며, 내 쪽으로 담배 연기를 보내는 사람에게 화가 났다. 다음에는 거리가 떠날 듯 스피커를 울리며 정차해 있는 오픈카 운전자에게, 그다음엔 카페에서 이어폰도 안 낀 채 동영상을 보는 사람에게 화가 났다(나는 내가 쓴 적도 없는 돈을 갚기 위해 원고를 쓰는데 말이다!). 그 후론 원고를 청탁하면서 원고 주제도 연락처도 알려주지 않는 편집자, 툭하면 꺼져버리는 내 스마트폰, 여름에는 더운 바람을 겨울에는 찬바람을 내뿜는 14년 된 내 중고차, 압존법을 모르는 카페 직원, 맞춤법을 틀리는 TV 방송 자막, 5분마다 와이파이 연결이 끊기는 내 노트북에까지 화가 났다. 심지어, 광화문 집회에서 본 태극기의 건곤감리 역시 복잡하고 촌스럽게 느껴져 나를 분노케 했다. 그럴싸한 원고를 쓴 건 지난 세기의 일처럼 느껴졌고, 나라는 사람이 지구에서 하는 일은 탄소 배출량을 증가시키고, 쓰레기와 배설물을 더 쌓이게 하는 것뿐이라 느껴졌다. 병원에 가지 않았지만, 나는 알았다. 내 마음의 대지가 갈라져 있다는 것을. 나는 쓰러지고 있었다.

계약해놓은 '음식 에세이'는 이런 내 마음 상태 탓에, 시작조차 못했다. 계약을 파기하는 수밖에 없었다. 그런데, 궁지에 몰리자, 생각이 들었다. 어딘가로 떠나면 다시 쓸 수 있을지도 모르잖아. 사막이 돼버린 내게도 단비는 필요하니까. 아니, 쓰지 못하더라도 좋다. 먼 곳으로 떠나, 밝게 살아갈 힘만 얻어도 성공이다. 나는 편집자에게 원래 쓰기로 한 음식 에세이 대신, 기행문을 한 편 쓰겠다고 했다. 일을 위해 떠나겠다 하니, 아내도 이해해주었다.

목적지는? 영화 〈해피 투게더〉가 떠올랐다. 절망에 젖은 장국영과 양조위가 떠난 곳.
'그래, 부에노스아이레스로 가자. 잠깐, 그 먼 데까지 가는데, 그냥 아르헨티나만 가는 건 좀 아깝지 않나? 어차피 직항도 없는데. 맞아, 기왕에 떠나는 거, 멕시코에서 시작해 브라질에서 끝나는 중남미 기행을 해보자. 가서 술을 잔뜩 마시며 삶을 탕진해보자. 그러면 마음에 불필요한 게 연소되며 진짜 내가 원하는 게 보일지 몰라. 지구 반대편이지만, 극과 극은 통하니까, 길의 정체는 언제나 끝에서 드러나니까. 어쩌면 그 길의 끝에서 희망을 볼지도 모르니까.'

단지 계획만 세웠을 뿐인데, 내 몸과 영혼은 최근 몇 년 동안 접해보지 못한 활력과 흥분으로 공중에 떠오를 것만 같았다.

2.

멕시코의 고원지대, '산 크리스토발 데 라스 카사스'는 가히 배낭여행자의 성지라 할 만했다. 곳곳에 햇빛에 퇴색된 파스텔톤의 건물이 가득했고, 길바닥에는 유럽처럼 네모난 돌이 깔려있었다. 식당에 들어가면, 창 넓은 전통 모자와 뾰족한 구두를 신은 '마리아치 악단'이 전통음악을 연주하고 있었다. 우울증에 빠진 사람에게 가장 신나는 일은 술을 마시는 것이고, 술을 마시기에 이보다 좋은 곳은 없었다. 나는 중남미의 매력에 빠져들었고, 여행이 이렇게만 계속된다면, 다시 글도 쓰고, 삶의 생기도 되찾을 것 같았다.

그런 기대를 품고, 두 번째 국가인 콜롬비아로 갔다. 그런데, 공항에 도착한 순간부터 분위기가 달랐다. 멕시코인들처럼 잘 웃지 않았고, 기관총을 멘 군인들이 계속해서 나를 지나쳐갔다. 물론, 멕시코에서도 기관총을 멘 경찰들이 은행과 명품 매장은 물론, 편의점까지 지키고 있다. 하지만, 콜롬비아에선 그보다 경계하는 눈치가 좀 더 강한 것 같았다. 마약왕 '파블로 에스코바르'의 나라라서 그런가? 그래서 국내선 환승을 하는데, 새끼손가락 길이의 미용가위까지 압수해간 건가? 그래서 셰퍼드가 공항에 돌아다니며, 여행객들의 짐을 킁킁거리며 냄새를 맡은 건가? 그래서 혹시나 화장실에서 마약을 할까 봐, 화장실 문이 주요 부위만 가릴 만큼만 막혀 있고, 나머지는 모두 개방돼 있었던 건가? 모르겠다. 나는 그런 것까지 꼼꼼히 챙겨볼 여유가 없는 여행자다. 일단은 술을 좀 마시자. 그리고 내일부터 보고타 시내를 좀 돌아보자. 그러면서 조금씩 기운을 찾고, 서서히 기행문을 써보자.

이런 생각으로, 보고타 숙소에 도착하자마자 짐을 풀고, 맥주를 사려고 편의점으로 갔다. 그런데, 내게는 문제가 하나 있었다. 우울증으로 인한 수면장애와 섭식장애, 그리고 이로 인한 만성피로, 게다가 멕시코에서부터 시작된 고산병으로 인해, 결국 열흘 내내 배탈을 앓고 있었다. 반문할지 모르겠다. 그렇다면 술을 안 마셔야 하지 않느냐고. 안 마셔야 한다. 단, 당신이 정상적인 정신 건강을 유지하고 있다면. 삶의 의욕이 거의 남지 않은 사람에게 유일하게 의욕이 생기는 게, 바로 음주다.

술을 마시면 살아 있다는 기분이 들고, 그 때문에 살기 위해 마신다. 말장난 같긴 하지만, 우울증을 겪는 많은 사람이 알코올중독도 함께 겪는다. 내가 바로 그 증거였다. 그나마 위안 삼을 게 있다면, 나는 그중에 건강을 챙기는 사람이라는 것이다. 요컨대, 이런 거다. 담배를 하루에 세 갑 이상 피우는 사람이 택하는 최대의 건강법은 타르 함량이 적은 담배를 고르는 것이고, 하루 세끼 라면만 먹는 사람의 건강법은 콜레스테롤 함량이 적은 라면을 고르는 것이다. 이 방식을 내게 적용하면, 알코올 함량은 적으면서 취기는 느낄 수 있는 맥주를 골라야 한다. 그러려면, 연구에 가까운 선택의 시간이 필요하다. 그렇다, 이건 인생을 낭비하려고 술을 고르는 게 아니라, 내 인생을 회복하고자 치료제를 고르는 것이다. 그렇기에 나는 연구자의 심정으로 편의점 냉장고 앞에서 이십 분 동안 맥주를 바라봤다.

그사이 편의점의 직원은 "로꼬(미친놈), 뿌따(썩을 ○)" 따위의 욕설을 내뱉고 있었다. 물론, 동방예의지국에서 온 나로서는 도저히 그게 생면부지의 나를 향한 언사라고 여길 수 없었다. 사실, 그렇게 여긴다는 것은 경솔한 처사다. 그건, 카운터 앞에 온종일 서서 바코드를 찍으며 힘든 하루를 감내해내는 저 인내심 깊은 직원의 수준 높은 도덕심과 성숙한 인간성을 무시하는 예단이다. 비록, 잔뜩 찌푸린 채 나를 응시하고 있을지라도 말이다.

물론, 냉장고 문 앞에 서서 십 분 동안 쳐다보지 말고, 냉장고 문을 열어서 맥주의 알코올 함량이라도 살펴보지 그랬냐고, 따져볼 수 있다. 그건 콜롬비아를 몰라서 하는 말이다. 비록 이십 년이나 흘렀지만, 마약왕 파블로 에스코바르가 정부 청사를 폭파하고, 시내 곳곳에서 테러를 일으켜 수백 명을 사지로 내몰고, 심지어 게릴라 부대까지 끌고 와 시가전을 벌인 이후, 이 사회는 철저한 통제 사회로 변모했다. 그래서 비행기를 탈 땐 4cm 길이의 미용가위도 압수당하고, 현금을 지급하면 항상 의심쩍은 눈초리로 내 돈을 햇빛에 비춰보는 시간도 감내해야 한다. 냉장고 앞에 서 있었던 이유도 이 때문이다. 음주는 폭력으로 이어지고, 그렇기에 음주 소비량을 줄이기 위해, 편의점 내 모든 주류 냉장고를 자물쇠로 잠가놓은 것이다. 그럼, 냉장고 문을 어떻게 여느냐고? 나처럼 미리 고른 후에 직원에게 부탁해서 열어달라 해야 한다.

나는 대통령 투표할 때보다 더 진지하게 맥주를 고른 후, 직원을 바라보며 냉장고를 가리켰다. 그러자 직원이 열쇠가 삼십 개쯤 매달린 열쇠고리를 들고 다가왔다.

그가 내게 물었다.

"뭘 찾아?"

길게 말하면 어떤 욕설이 돌아올지 몰라, 최대한 묻는 말에만 짧게 답했다.

"쎄르베싸, 뽀르 빠보르(맥주요)."

직원은 열쇠 서른 개 중의 하나를 모래밭에서 쌀알 하나를 찾듯 한참을 걸려 찾았다. 나는 일요일 저녁에 피로를 느끼고 있는 한 중년 가장에게 엄청난 수고를 끼치고 있다는 사실을 깨달았다. 원인 제공자(=나)는 미안해서 숨소리를 죽인 채, 잠자코 기다렸다. 직원은 열쇠를 끼워 냉장고 문의 자물쇠를 돌렸지만, 열리지 않자 "뿌따(제기랄! 이런!!)"라며 욕설을 내뱉은 후, 다른 열쇠를 끼웠지만, 또 열리지 않자 에미넴처럼 욕설을 빠르게

뱉었다. 그 자리에 내가 이십 분만 더 있었다면, 나는 스페인어 욕설 사전을 집필할 수 있었을 것이다. 마침내 냉장고를 연 직원은 갑자기 라거 맥주 하나를 꺼내더니, 내게 말도 안 하고 자물쇠를 잠가버렸다.

"저, 쎄뇨르(선생님). 정말 죄송한데…. 제가 마시려는 건 저건데요."

나는 냉장고 안에 여전히 차갑게 진열되어 내 손으로 넘어오길 바라는 흑맥주를 가리켰다.

"그럼 왜 아깐 맥주를 찾는다고 한 거야?"

"흑맥주도 맥주라서요."

또 한 번 스페인어 욕설 신조어 사전을 집필해도 좋을 만큼 욕설이 편의점에 가득하게 쏟아져 나왔고, 그는 마침내 흑맥주를 꺼낸 후, 냉장고 자물쇠를 잠갔다. 그리고 그가 돌아서려 했지만, 나는 어쩔 수 없이 그를 부를 수밖에 없었다.

아아! 에일 맥주는 다른 냉장고에 있었던 것이다.

우울증의 증세인, 자기혐오가 더 심해지려 했다.

"아깐 맥주 찾는다며?!"

"에일 맥주도 맥주잖아요."

나는 거의 울기 직전이 되어갔다.

기차와 생맥주

직원은 다시 서른 개의 열쇠 중 서너 개의 열쇠를 또 다른 냉장고 자물쇠에 끼워 맞추고 빼고를 거듭하다가, 마침내 냉장고 문을 열었다.

문제는 내가 와인도 한 병 사고 싶다는 것이었는데, 와인은 또 다른 냉장고에 있었다. 하지만, 미안해서 더는 술을 꺼내달라는 말을 할 수 없었다. 안줏거리로 과자 몇 봉지와 견과류를 몇 개 골라, 어서 떠나는 게 상책이었다. 카운터로 가서 신용카드를 내밀자, 직원이 한마디 했다.

"신분증."

아무리 내가 동안이어도 그렇지, 마흔 넘은 나를 지금 미성년자로 보는 건가.

나는 분위기를 반전해보려고 여권을 건네며, 농을 쳤다.

"절 몇 살로 보셨기에?"

직원은 세관원처럼 바로 답했다.

"마흔아홉?"

'아니, 그럼 여권은 왜 보자고 한 거야? 그리고 왜 더 늙게 보는 건데?'

물어보니, 콜롬비아 편의점에서는 신용카드로 결제를 하면,

무조건 신분증 검사를 해야 한다 했다. 혹시나 누군가 도난 카드를 쓸까 봐, 엄격하게 경계하는 것이었다. 하. 이런 통제 사회라니. 이런 인문학적 분석을 하는 사이, 직원이 내게 한마디 했다.

"사진이 다른데? 네가 아니잖아."

아니, 이건 무슨 말인가. 아무리 이들이 동양인 얼굴을 못 알아본다 해도, 내 얼굴이 내 얼굴이 아니라니. 그는 심지어 여권을 펴서 내 얼굴 옆에 갖다 대고서, 내 얼굴과 여권을 번갈아 보며 대조했다. 그러더니, 내게 대뜸, 다른 신분증이 없냐 했다.

맥주 두 캔이랑 과자 몇 봉지 사는데, 신분증을 중복으로 검사한단 말인가, 대체 이게 무슨 상황인가? 나는 이 기가 막힌 상황을 어서 벗어나고자, 주민등록증을 건넸는데, 직원은 주민등록증을 앞뒤로 홱 뒤집어 보더니, 바로 되돌려주며 말했다.

"도서관 대출증 아니야?"

"아니라고요. 한국 정부에서 발급한 거라고요."

"온통 꼬레아노(한글)라서, 내가 알 수가 없잖아."

해서 나는 이번에는 운전면허증을 건넸지만, 이번에는 운전면허증에 적혀 있는 'Driver's License'가 너무 적게 쓰여 있어 알아볼 수 없다 했다. 그러며 '스페인어로 된 신분증이 없는지' 물었다.

맙소사. 그런 게 있을 리 만무하지 않은가. 한국에서 태어나, 한국 정부로부터 신분을 보장받고, 한국에서 출발한 사람인데. 게다가, 스페인어가 영어 같은 제1외국어도 아니잖은가.

나는 읍소했다. '살이 많이 빠진 것이라고. 지난 일 년 동안 우울증을 겪어, 삶의 의욕이 없었고, 그래서 식욕도 없고, 그 와중에 수면 부족과 섭식장애가 겹쳐 살이 10kg 넘게 빠졌다고.' 그러다 묘안이 떠올랐다.

"봐요. 이게 저예요. 예전의 저라고요!"

예전에 살쪘던 사진과 비슷해 보일까 봐 볼에 바람을 잔뜩 넣은 채 사정하듯, 미소 지었다.

그러자, 거구의 직원은 더 인상을 찌푸렸다. '이 자식 지금 나를 놀리는 거야?'라는 듯이. 어쩔 수 없었다. 맥주를 고르기 위해 쏟아부은 시간과 노력을 포기하고, 그냥 돌아가기로 마음먹었다. 결제 승인을 취소해달라고 하니, 직원이 차갑게 말했다.

"이게 네 여권이라는 게 확인되어야, 결제 취소를 해줄 수 있어. 뭔가 이상해."

그는 갑자기 신고 정신이 투철한 모범 시민이라도 된 듯했다. 나도 어느 정도는 인정한다. 한국에서 10kg이 빠졌고, 남미에 온 후로, 고산병 때문에 약 5kg이 더 빠졌다. 15kg 정도 빠지면 사람이 완전히 딴사람이 된다. 내가 보더라도 여권 사진과 현재의 내 모습은 많이 달라 보인다. 그렇다 쳐도, 고작 맥주 몇 캔과 과자 몇 봉지 때문에 이러는 건 너무하지 않은가.

이런 내 생각을 비웃기라도 하듯, 직원은 경찰에게 전화했는데, 모든 게 느린 콜롬비아에서 경찰만큼은 너무나 신속하게 출동했다. 그리고 놀랍게도 경찰관 둘은 헬스클럽 갈 때 스포츠백을 등에 둘러매는 것처럼, 기관총을 어깨에 걸쳐 메고 들어왔다. 그러고선, 내게 신분증을 달라고 했다. 여권을 주니, 경찰관이 말했다.

"이건 네 것이 아닌데."

아, 그리고 직원과 실랑이를 벌였던 것과 똑같은 이십 분이 한 번 더 반복됐다. 이 상황을 해결할 수 있는 건, 한국 대사관밖에 없었다. 나는 한국 대사관에 전화해서 도움을 요청하기로 했는데, 일요일 저녁이라 그런지, 아니면 당직자가 배탈이 나서 마침 화장실로 뛰쳐갔는지, 아무도 전화를 받지 않았다. 게다가, 콜롬비아 유심칩을 사지 않은 탓에, 멕시코에서부터 써온 유심

칩은 국제전화로 인식이 됐는지, 통화 연결도 되기 전에 끊겨버렸다.

  그때였다. 갑자기, 직원이 올해의 아이디어상이라도 받을 만한, 정말이지 신박하고 번뜩한 의문을 제기한 것이.
"저 자식. 노스 코리아 출신 아니야?"

  순간, 경찰이 눈썹을 추켜올리며, 새로운 의문에 동조하듯 말했다.
"레알멘떼? 데스데 노르떼 꼬레아?(정말? 북한에서 왔어?)"
  나는 당연히 아니라고, 손사래를 쳤다. 그런데, 경찰은 어디서 무얼 봤는지, 대뜸 이렇게 말했다.
"괜찮아. 너희의 어려움을 잘 알고 있어. 우리는 너를 도울 수 있어. (갑자기 호칭을 바꾸며) 선생께서 정말 '노르떼 꼬레아'에서 왔다면, 저흰 사정을 다 이해할 수 있습니다. 이럴 수밖에 없겠지요. 그냥 솔직하게 말씀만 하시면 보내드리겠습니다."

  어느덧, 경찰의 눈빛은 한평생 인류 복지를 위해 공헌해온 전 UN 사무총장 코피 아난처럼 인자해져 있었다. 그 눈빛이 말했다. '고생이 많지? 어서 자유를 찾아. 네 인생에 건투를 빌어.' 그는 그냥 "그렇다", 대답만 하면 된다고 했다. 그러자, 내 안에서 잠자고 있던 무기력증이 서서히 일어났다. 이 모든 상황을 그럭저럭 견뎌왔지만, 그의 관대한 웃음을 보는 순간 모든 게 귀찮게 느껴졌다. 고작 맥주 두 캔과 과자 몇 봉지 때문에 지구 반대편에서 이런 불편함을 겪는다는 게 새삼 어처구니없었다.

"그러면, 저 카드 승인 취소해주나요?"

경찰은 직원에게 눈짓했고, 직원 역시 고개를 *끄덕*였다.

이렇게 간단했다니. 그러자 안도감이 안착했기 때문일까.

이때껏 당한 것을 조금이라도 돌려주고 싶은 장난기가 발동했다.

"씨씨씨(네. 네. 네.). 북한에서 왔어요."

나는 여유롭게 첩보 영화 속 스파이의 표정을 지으며, 덧붙였다.

"가만 보자. 내 권총이 어딨지?"

그러며 재킷 주머니를 더듬는 시늉을 하는데, 갑자기 옆에 있던 동료 경관이 내 팔을 꺾고 내 얼굴을 카운터로 쑤셔 박았다. 달콤하게 속삭였던 경찰은 곧장, 뒤로 꺾인 내 팔에 수갑을 채

워버렸다.

"컥. 컥. 컥. 저 사실, 한국 소설가예요. 농담 모르시나요? 농담!"

내 말은 먼지처럼 바람에 날아가버렸다.

수갑을 차고 콜롬비아 편의점 앞을 나오면 어떤 생각이 드는지 아는가. 갑자기 모든 풍경이 달라 보인다. 별것 아니고, 가치 없고 특색 없는 풍경이, 너무나 소중하고 또 보고 싶은 풍경으로 변한다. 숨이 턱 막힐 것처럼 답답해지면서, 지금 마시는 공기, 걷는 이 거리(정확히는 끌려가는 이 거리), 타고 있는 이 차의 느낌(정확히는 연행 중인 경찰차 뒷좌석의 느낌)이 다시는 체험 못할 것처럼 절박하게 느껴진다.

3.

삼십 분 뒤, 나는 보고타의 차삐네로(Chapinero) 경찰서 유치장 안에 있었다. 아아, 보고타의 첫날을 유치장에서 보내다니! 유치장 바닥은 찼고, 벽에는 곰팡이가 피어 있고, 내 옆의 노숙자는 끝없이 알 수 없는 스페인어를 계속 중얼거렸다. 다른 한 명은 동공의 초점이 흐릿했는데, 그는 내게 연신 질문을 퍼부었다.

"북한에 돌아가면 뭐 할 거야?"

"북한에 아내를 두고 왔어?"

"북한에서는 대마초를 피울 수 있어?"

　게다가 이 유치장에 종종 들락거린다는 그는 아직도 진실인지 거짓인지 확인할 수 없는 말을 했다. 간혹 유치장에서 함께 밤을 보낸 북한 사람이, 다음날 나타난 검은 양복을 입은 사람에게 끌려가는 걸 봤다고 말이다.

　"아마, 북한 정부에서 나온 사람들일 거야. 그 검은 양복을 보면, 하나같이 나가기 싫다며 철창을 붙잡고 끝까지 매달리더라고."

　여전히 나를 보는지, 벽을 보는지 알 수 없는 초점을 한 채 그는 덧붙였다.

　"아마 죽으러 가는 거였겠지."

　자기와는 하등 상관없는 영화나 TV 속 한 장면을 회상하듯이.

그리고 다음 날 아침, 여전히 시차 적응을 못해 자고 있는 나를 누군가 불렀다.

"최민석 선생님?"

한국어였다.

"아이고. 고생하셨습니다."

깜짝 놀라 그를 바라봤다.

머리를 가지런히 옆으로 넘기고, 햇살에 검게 탄 건강하고 다부진 몸매의 중년 남성은, 검은 양복을 입고 있었다.

나도 모르게 철창을 잡았다. 언제 일어났는지 알 수 없는 유치장 동료는, 인생의 중요한 볼거리를 놓칠 수 없다는 듯 보고 있었다. 그는 어느새 일주일 내내 기다려온 시청률 1위의 주말 연속극이 시작됐다는 표정을 짓고 있었다.

그리고, 검은 양복 사내는 말했다.

"어제 대사관에 일이 있어서 마침 전화를 못 받았습니다. 그래도 얘네들이 저희 쪽으로 확인차 전화를 해줘서 다행입니다."

반신반의했다. 어제는 다짜고짜 수갑을 채운 콜롬비아 경찰이 알아서 한국 대사관에 연락을 해줬다고? 어제는 전화도 안 받더니, 지금은 아침부터 대사관 직원이 나를 데리러 왔다고?

혹시나 싶어 유치장 동료를 보니, 그는 내게 고개를 저으며, 안 됐다는 표정을 지어 보였다.

'잘 가 고향으로. 아, 고향이 북이랬지?'

저 사람을 따라가야 하나, 말아야 하나. 갈등과 불안이 차올랐기 때문일까. 순간, 왜 그랬는지 모르겠다. 나는 유치하게도 검은 양복에게 이렇게 물었다.

"김정은이라고 할 수 있습니까?"

검은 양복은 경찰서가 떠나갈 듯 허리를 젖히며 웃었다. 내게 미안하다며, 늦었다며 명함을 건넸다. 거기엔 태극 마크와 함께 쓰여 있었다.

'주콜롬비아대사관 2등 서기관 박○○'

그 명함을 건네받고, 유치장 동료를 보니 그는 여전히 초점이 맞지 않는 눈동자로 나와 경찰서 사이 어딘가를 보고 있었다. 단지, 약간의 미소와 함께, 이제 '볼거리'를 잃었다는 아쉬움이 곁든 표정을 짓는 것 같았다.

기차와 생맥주

깜깜하고 습기 찬 유치장과 달리, 해가 뜨고 있는 거리는 눈이 부실 만큼 찬란했다. 거리의 이슬은 막 출근한 태양으로 인해 기분 좋게 말라가고 있었다. 거리는 바싹 마른 수건처럼, 강렬한 햇살에 간밤의 눈물을 태우고 있었다. 그 광경을 보고 있노라니, 어쩐지 유치장의 눅눅했던 습기는 물론, 내 안을 흠뻑 적셨던 우울함이 말라가는 것 같았다. 그리고 보고타의 태양 아래, 콜롬비아 특유의 빨갛고, 노랗고, 파란 주택들이 빛나고 있었다. 한국인 중년 남성은 이런 상황에서, 꼭 이런 대사를 한다. 서기관이 자신의 국적이 한국이라는 걸 방증하듯, 말했다.

"아이고. 고생하셨습니다. 담배 한 대 태우시겠습니까?"

나는 고개를 저었다. "칠 년 전쯤에 끊었습니다."

그는 내게 진심으로 물었다.

"대단하십니다. 어떻게 끊으셨습니까?"

그는 담배를 피우는 내내, 자신은 '이십 년째 금연 시도 중'이라 하더니, 나를 바라보며 진심으로 경외에 찬 눈빛으로 말했다.

"의지의 사나이시네요."

떠날 때 품었던 막연한 기대가 맞았다. 역시, 극과 극은 통했다. 유치장에서 자고 나오니, 신기하게도 우울한 습기가 건조된 것 같았다. 이슬을 공기로 날려 보내고, 새롭게 태어나고 있는 보고타의 아침 거리를 보고 있으니, 어쩐지 떠오르는 태양처럼 삶의 의지가 조금씩 솟는 것 같았다. 무엇이든 이름 짓기 좋아하는 나는 이 경험을 '사건명 보고타 아침 이슬'이라 부르기로 했다.

그래, 나는 중요한 것을 잊고 있었다. 서기관이 말한 대로, 나는 의지의 사나이였다. 담배를 끊은 사람이, 우울증에 빠졌다니. 말도 안 되는 것이었다. 나는 그날 아침부로, 내 의지를 앗아갔던 우울의 침대에서 툭툭 털고 일어났다. 물론, 그날부터 본격적으로 남미 기행문을 썼다.

＊

그나저나, 새로 충전한 의지를 갖고, 귀국하자마자 뭘 했느냐고. 증명사진을 찍고, 여권을 갱신했다. 또 타국에서 첫날부터 유치장에서 자고 싶지는 않았으니까.

기차와 생맥주

사 건 명 '트 럼 프 호 텔'

이 사건이 일어난 건, 내가 외로웠기 때문이다. 또한, 이야기를 지어내기 좋아하기 때문이다. 그러니 명심하시길. 외롭다 해서, 이야기를 지어내면 나처럼 된다는 걸.

1.

작년 여름, 멕시코를 여행하고 있었다. 한식 생각이 나서 '어서 오이소'라는 한식당에 들어갔는데, 상호에 걸맞지 않게 주인은 냉랭했다. 게다가, 묻지도 않았는데 대뜸 차갑게 외쳤다.

"남자 화장실은 저쪽이에요! 저쪽!"

순간, 뒤통수가 뜨끔했다. 아뿔싸. 소문이 여기까지 퍼진 건가. 아니면, 설마 그날 나를 직접 본 건가. 가시방석에 앉은 것 같았다. 멕시코인 직원이 서빙을 하다가, 내 얼굴을 보더니 키득거렸다. 제자리로 돌아가서는 동료 직원과 쑥덕거리며 낄낄댔다. 모두가 나를 알아보는 것 같았다. 젠장, 이 이야기를 어디서부터 해야 하나.

2.

이코노미클래스에 노구를 쑤셔 넣고 지구 반대편으로 가니, 몸이 제대로 작동하지 않았다. 눈을 뜨면, 이런, 오후 다섯 시. 아무리 빨리 떠도, 오후 네 시였다. 이럴 줄 알고 무리한 계획은 잡지 않았지만, 하루에 일정 하나도 소화 못할 줄이야. 시차 적응에만 꼬박 닷새를 보냈다. 그 닷새 동안 말똥말똥한 눈으로 밤을 지새우다, 아침이 되면 겨우 잠들 만했다. 그러면 '어허, 아미고(친구). 몰랐어? 여긴 멕시코~~야!'라는 식으로, 숙소 로비에서 라틴 댄스 음악이 우렁차게 울렸다. 그러면 충혈된 눈으로, 쓰러지기 직전 상태가 돼서야, 겨우 한동안 사망 상태로 돌입한다. 수면 상태가 아니다. 잠시 사망한다는 게 수사학의 관점뿐 아니라, 의학적 관점으로도 맞을 만하다. 그러다 네다섯 시가 되어야, 겨우 소생하는 것이다. 마법에 빠져 몇 시간 좀비 같은 다른 생명체로 있다가, 이제야 인간으로 돌아왔다는 듯.

'콜록콜록' 기침을 해대며, 대체 왜 지구 반대편까지 와서, 이런 짓을 하고 있는지 자괴감에 축축이 젖었다. 물론, 침대 시트도 내 식은땀으로 젖어 있다. 일어나도 몸은 찌뿌둥하고 머리는 무겁다. 멕시코에 와서 한 짓이라곤, 일어나서 저녁(이자 아침이자 점심)을 먹고, 다시 잠자리에 든 것뿐이다. 하지만, 상술했다시피 뜬눈으로 아침을 맞으면, 어김없이 로비에서 '어. 활기찬 하루!'라는 식으로 인사를 건네는 라틴 음악에, 신경쇠약 수준으로 시달려왔다. 결국, 오후 네다섯 시에야 눈을 뜨는 악순환을 겪어온 것이다.

이 고리를 과감하게 끊지 않고서는 아무것도 할 수 없었다. 내 결정은 테킬라를 코가 삐뚤어질 때까지 마시고 자정에 쓰러지는 것이었다. 역시나 오후 네 시에 눈을 뜬 나는 단단히 결심하고 숙소 근처의 바에 갔다.

*

　줄기차게 테킬라를 두어 시간 마셨다. 그러자 바텐더가 직업
상의 예의인지, 괜찮냐고 물었다. 나는 잠이 안 온다고 했고, 그
는 내게 무슨 조언을 해주려 했는데, 문제는 언어 장벽이었다.
내 스페인어 실력이 그저 그래서 그와 내가 소통을 하는 데엔
꽤 많은 노력이 필요했다. 그때, 조금 떨어진 스툴에 앉아 있던
현지인이 물었다.

　"도와드릴까요?"

　능숙한 영어를 구사하는 자라니. 반가웠다. 그는, 자신을 멕시
코인이 아니라고 착각해선 안 된다는 듯, 카우보이모자를 쓰고,
끝이 꼬부라진 콧수염을 기르고 있었다. 영어 실력을 보니 인텔
리 같긴 했지만, 카우보이모자와 부츠는 대체 어떤 계통의 일을
하는지, 어떤 라이프스타일의 소유자인지 종잡을 수 없게 했다.
내 의구심과 호기심을 눈치챘는지, 그는 명함을 한 장 건넸다.

　"이벤트를 기획하는 프로듀서입니다."

　상대가 이렇게 나오면, 내 신상도 밝히는 게 예의다.

　"저는 한국에서 온 소설가입니다."

　그러자, 반색했다.

"아. 그래요. 마침 잘됐네요. 안 그래도, 한국인 한 명이 필요했는데!"

그는 지금, '한국-멕시코 수교 58주년 기념행사'를 기획 중이라 했다. 이 행사를 한국 쪽 피디와 멕시코 쪽 피디가 각각 준비하는데, 자신들은 멕시코에서 유명한 '텔레노벨라'를 연극으로 올릴 생각이라 했다. '텔레노벨라'라니. 막장 소설을 즐겨 쓰는 나로선 구미가 당겼다. '텔레노벨라'는 중남미에 주로 방송되는 '서사와 연출이 굉장히 자유로운 드라마'다. 우리로 치자면 〈아내의 유혹〉 같은 드라마나, 일명 '김치 싸대기'를 날리는 아침드라마와 같은 것이다. 등장인물은 주로 카우보이모자를 쓰거나, 콧수염을 기른다. 간간이 마약왕 같은 인물도 나오는데, 어째서 '아침드라마'에 마약왕이 나오냐고 묻는다면, 내가 말하지 않았는가. '텔레노벨라'는 서사 전개가 자유롭다고. 마약왕이라고 사랑에 빠지지 말란 법이 있는가.

그는 특별히 '한-멕 수교 기념작'인 만큼, 우정 출연할 한국인이 필요하다 했다.

"한국인들은 아직 모르는 깜짝 출연이에요. 그래서 교민 측에서 섭외하기 어려웠는데, 어때요? 아미고(친구)!"

어느새 우린 친구가 돼 있었다. 새 친구의 이름은 파블로. 테킬라 몇 잔이 오갔고, 어깨동무를 두어 번 한 덕이다. 나는 속으로 '역시 멕시코는 수교할 만한 나라구나! 이렇게 우정을 빨리 쌓을 수 있다니' 하며 감탄했다. 당연하지만, SNS에서도 친구가 됐다. '한국에 가서도 계속 연락하자구, 친구! 히히.'

멕시코에서 줄곧 혼자였던 나는 파블로와 가까워지고 싶었다. 중남미인이 대개 그렇듯, 파블로도 내가 '멕시코를 어떻게 생각하는지' '멕시코에서 좋은 인상은 받았는지' '여행은 어땠는지' 궁금해했다. 물론, 이 질문에 답하기엔 문제가 있다. 나는 멕시코에 와서 뜬눈으로 밤을 지새우기만 했다. 하지만, 어떠하랴. 나는 '거짓말 면허'를 받은 소설가 아닌가. 여행자로서 겪을 법한 이야기 몇 개를 지어서 들려줬고, 그는 손뼉을 치며 '꺼이. 꺼이' 웃었다. 나는 '허풍 떠는 실력이 아직 죽지 않았구나' 하며 혼자 흐뭇한 표정을 지으며, 테킬라를 또 한 잔 더 했다. 그나저나, 연극을 떠올리니 약간 걱정이 되기도 했다.

"아미고(친구). 나는 스페인어를 못하는데, 괜찮을까?"
"오오~! 아미고(친구). 노 프라블럼. 친구는 그저 무대에 올라가서, '씨(네)'만 반복하면 돼. '네. 그게 제 취미지요' 이 정도 문장만 외우면 돼."

아니, 대사가 그렇게 간단하다니! 이건 재미있는 추억 쌓기 아
닌가.

게다가, 독지가 역할이라니!

3.

특설 무대가 세워진 '소칼로(Zocalo) 광장'에 가니, 만 명 남짓
한 교민이 모두 온 게 아닌가, 싶은 착각이 들 정도로 많이 모여
있었다. 한국식으로 치자면, 서울시청 앞의 서울광장 같은 이곳
은 멕시코시티의 상징적 공간이자, 관광객이 가장 먼저 오는 곳
이다. 물론, 나는 여기에 처음 왔다. 평소엔 현지인과 관광객이
바글거린다고 하지만, 이날에는 한인들이 광장을 가득 채워, 그
야말로 진풍경이 펼쳐졌다.

마치 록 페스티벌처럼, 천막 형태의 출연자 대기실이 쭉 붙어
있었다. 아아, 감격스럽게도 내 대기실까지 있었다. 물론, 몇몇
출연자와 함께 쓰는 것이었지만, 대기실 앞에 내 이름 'Minsuk
CHOI'라고 인쇄된 종이가 붙어 있는 걸 보니, 무슨 대단한 초
대 인사라도 된 것 같았다. '그래. 민석아. 너 열심히 살아왔어.'

게다가, 내 이름이 붙은 의자 위에는 소품까지 가지런히 놓여 있었다. '파블로가 이렇게 꼼꼼하고 세심한 친구였다니'. 역시 멕시코는 수교를 맺기에 좋은 나라였다. 이런 국민이 있는 나라와 수교를 맺은 지 왜 58년밖에 안 된 건가. 이렇게 친절하고 세심한 친구라면, 수교 백 년쯤의 역사를 진작에 쌓았어야 하는 거 아닌가.

나는 그간 무심했던 한국 정부를 대신해, 속죄라도 할 요량으로, 어서 소품용 모자를 써보았다. 아, 커다란 창의 멕시코 전통 모자는 내 머리에 꼭 맞았다. 역시나, 꼼꼼한 친구군. 내 머리 크기까지 살펴봤다니. 이 순간을 기념하기 위해 셀프카메라도 찍고, 내 SNS에 올려서 한국의 몇 안 되는 독자에게 '좋아요'도 받았다. 아, 이제 소품용 콧수염을 붙이고, 파블로가 말한 대로 간단한 대사만 몇 마디 읊으면 된다. ("네." "네." "네. 그게 저의 취미지요.")

✳

무대에 올라간 순간, 압도당할 뻔했다. 관객들이 개미처럼 보일 만큼, 광장을 빽빽하게 메우고 있었다. 야외 무대인데도 조명은 상당히 눈이 부셨다. 결국 수많은 인파와 화려한 조명 탓에 잠시 의식이 흐릿해졌다가, 정신을 차려보니 어느덧 상대 배우가 나에게 대사를 하고 있었다.

나는 약속대로 그의 말이 끝날 때마다 '씨. 씨. 씨(네. 네. 네)'를 두 번 반복했다.

그런데, 분위기가 이상했다.

비록 이해하진 못했지만, 대본보다 상대 배우가 더 많은 대사를 한다는 느낌이 들었다. 게다가, 관객들의 일부는 낄낄대고, 일부는 엄지손가락을 아래로 향한 채, 내게 거센 야유를 퍼부었다. 공기가 예상과 달리 흘러가는 것 같았다. 또 한 번 상대의 대사가 끝났고, 나는 지문에 쓰인 대로 "네. 그게 제 취미입니다"라고 자랑스러운 표정으로 말했다.

그러자, 객석에 큰 파도가 인 것처럼, 조소와 조롱, 야유가 쏟아졌다.

'아니, 이게 이렇게 논쟁적인 대사였나?'

이제 마지막 남은 대사 '네. 부끄럽지만 사실대로 말하자면, 그렇소'를 쑥스러운 듯 말하면 되는 차례였다. 그런데 상대 배우가 '도널드 트럼프'를 언급하는 게 아닌가. '도널드 트럼프? 그런 인물이 나왔나? 미국 대통령과 같은 이름이면, 기억 못할 리가 없는데. 왜 시대극에 이런 이름이 나오는 거지?' 찜찜했지만, 나로선 대비책이 없었다. 상대 배우의 대사를 이해할 수도 없거니와, 이해했다 쳐도 즉석에서 대사를 바꿀 만한 스페인어 실력이 없었기 때문이다.

나는 어쩔 수 없이 정해진 대사를 쑥스러운 듯 말했다. 객석에선 또 한 번 야유가 터져 나왔다. 곧장 무대를 내려오다, '아차!' 싶었다.

그 순간, 내 머릿속에 사진 하나가 떠오른 것이다. '호텔 사진!'. 서로 SNS를 팔로우했으니, 내 아미고(이자 이제는 '적'인 '에네미고'가 돼버린) 파블로가 내가 '트럼프 호텔'에서 묵은 사진을 본 것이다.

멕시코 국경에 장벽을 쌓고, 그 장벽을 짓는 비용을 멕시코인들에게 내라고 한 미국 대통령을 현지인들이 어떻게 생각할지는 너무나 뻔했다. 그제야 떠올랐다. 그날 파블로가 자기 나라와 국민이 얼마나 미국으로부터 억압받고 있는지, 특히 미국 대통령으로부터 억압받고 있는지 설파했고, 내가 거기에 맞장구를 쳤다는 것을.

기차와 생맥주

하지만, 나도 억울하다. 왜냐하면, 내가 하와이의 '트럼프 호텔'에 묵은 이유는, 아내가 예약을 했기 때문이다. 아내 역시 모르고 예약을 했다. 아내는 '프라이스 라인'이라는 일종의 '블라인드 낙찰식' 숙소 예약 사이트를 이용했을 뿐이다. 일정 수준의 금액을 예산으로 잡고, 입찰(For bidding)에 참여하면, 사이트에서 알아서 특정 호텔을 할인된 가격으로 배정해준다. 하얏트로 예약될지, 쉐라톤으로 예약될지, 소비자는 모른다. 그저 사이트에서 할인 이벤트를 실시하는 제휴 호텔을 배정해줄 뿐이다. 그게 하필이면 '트럼프 호텔'이었던 거다. 게다가, 호텔 측은 내가 신혼여행을 왔다며, 객실까지 업그레이드를 해줬다. 스위트룸으로.

아아, 이 극좌파 멕시코인이자, 한때는 친구였으나, 이제는 나를 조롱하려 작정한 연출자는, 내가 트럼프 호텔에 묵으려고 엄청나게 돈을 쓴 것으로 착각했을 것이다. 어쩌면 나를 트럼프의 극성 지지자로 여길지도 모르겠다.

생각이 여기에 미치자, 무대에서 대사가 어떻게 바뀌었을지, 너무나 걱정됐다.

4.

무대 영상을 구해서, 구글 번역기를 돌려가며 대사를 살펴봤
다. 왜 진작 대사를 번역해볼 생각을 하지 않았을까. 그건 나조
차 모른다. 자책할수록 더 아플 뿐이다. 그냥 인간은 위기에 빠
졌을 때, 대책을 갈구하는 존재라 치자. 물론, 이미 엎질러진 물
이지만….

한참 끙끙댄 후 알아낸 원래 대사는 이랬다.

구스만 오오. 당신은 우리를 도우러 온 선생이 아니신가요?
나 (웃으며) 씨. 씨!(네. 네!)
구스만 그렇다면, 당신이 우리를 위해 한국에서부터 배를 타고 온
게 맞소?
나 (당연하다는 듯) 씨. 씨!(네. 네!)
구스만 아, 정말 훌륭하시군요. 그런데, 왜 선생께서는 희망도 빛
도 없이 살아가고, 고통받는 이들에게 당신의 피와 살과 같은 재
산을 나눠주려 하는 거요?
나 (자랑스럽게) 그것은 나의 취미입니다.
구스만 (감격하여) 혹시 어제 마을 사람들 집 앞에 밀가루 봉지를

쌓아둔 것도 선생이었나요?

나 부끄럽지만, 사실대로 말하자면 그렇소.

(우정 출연자 이후 퇴장)

하지만, 바뀐 대사는 이랬다.

구스만 우리는 최근 몇 년간 추행을 일삼고도 무대에 서온 뻔뻔한

인간들을 참아왔습니다. 하지만, 더는 그럴 순 없습니다. 잠시,

연극을 접고서라도, 이 사람에게 진지하게 물어보겠습니다. 당신

은 차풀테펙 공원의 여자 화장실에 들어가서 똥을 쌌지요?

나 (웃으며) 씨. 씨!(네. 네!)

구스만 당신은 변태입니까. 매번 그렇게 여자 화장실에 들어가서

똥을 쌉니까?

나 (당연하다는 듯) 씨. 씨. 씨!(네. 네. 네!) (이때, 나는 주먹까지 쥐었

다)

구스만 대체 왜 그러는 거요?!

나 (자랑스럽게) 그것은 나의 취미입니다.

구스만 당신은 정말 이상한 사람이군요. 우리는 도널드 트럼프를

이해할 수 없을 만큼, 당신을 이해할 수 없소. 당신은 앞으로도

계속 여자 화장실에서 똥을 쌀 것이오?

나 (겸손하지만, 소신 있게) 부끄럽지만, 사실대로 말하자면 그렇소.

(우정 출연자 이후 퇴장)

사태를 파악하고 나니, 그제야 모든 게 이해됐다. 트럼프 호텔 투숙 때문에 빚어진 나에 대한 오해는 결국, 나를 망신 주기로 작정한 녀석의 폭로로 이어졌다. 그나저나, 화장실 사건은 뭐냐고? 파블로를 바에서 만난 날, 나는 몹시 들떴다. 누군가와 대화를 하고, 누군가와 함께 웃을 수 있다는 사실이 이렇게 귀한 것인지 고국에서는 짐작조차 못했다. 테킬라 한 병을 마셔 기억이 흐릿했지만, 바뀐 대사를 파악하고 나니, 그제야 그날 내가 녀석에게 들려준 이야기가 거짓말처럼 떠올랐다. 그것도 선명하게!

나는 멕시코시티에 온 이튿날, 이 도시에 가장 큰 '차풀테펙(Chapultepec)' 공원에 갔다. 낮과 밤이 바뀌고, 잠을 못 자면, 신체에도 변화가 일어난다. 매우 규칙적인 생활을 하는 사람은 알 것이다. 매일 정해진 시간에 용변을 본다는 것을. 내 경우에는 그것이 아침이었다. 하지만, 밤낮이 바뀌니, 그 리듬이 온전히 깨져버렸다. 결국, 나는 지리도 낯설고, 언어도 익숙지 않은 곳에서 다리를 꼰 채 화장실을 찾아 헤매야 했다. 문제는 하필이면 그곳이 중남미에서 두 번째로 넓은 공원이라는 것이다. 게다가, 나라는 인간을 한 명의 국가로 비유한다면, 가히 프랑스 시민혁명에 버금갈 만한 중대한 소요가 내 대장(大腸) 안에서 격렬히 일어나는 중이었다. 한 걸음씩 내디딜 때마다 속으로 '왜 멕시코는 공원이 이렇게 넓은 건데?! 아, 왜 차풀테펙은 서울숲보다 6배나 넓은 건데! 왜! 왜! 왜!'를 절규하듯 외쳤다. 화장실을 찾기 위해 공원 안내판을 보니, 친절하게도 영어로 첫 문장이 쓰어 있었다.

"7.3km^{2}의 녹지를 자랑하는 차풀테펙 공원은…"

아니, 이런 거 말고, 화장실이 어딨는지 알려달라고! 나는 44년간 지켜온 스스로에 대한 존엄성과 자아존중감을 절절히 되새기며, 엉덩이에 잔뜩 힘을 준 채 걸었다. 괄약근에 모든 에너지를 그러모은 채, 최대한 속보로 가니 어쩐지 경보 선수처럼 걷고 있었다. 그리고 진짜 이런 상황에 빠져본 이는 공감할 것이다. 어느 순간, 몸에 한기가 습격한다는 것을. 이때면 인간으로서의 존엄성이 거의 무너지기 직전이다. 하지만, 죽지 말라는 법은 없는 법. 눈앞에 화장실이 보였다. 그리고, 역시 인생사는 쉽지 않다는 듯, 남자 화장실 앞에 세 명의 남성이 잔뜩 인상을 찌푸린 채 배를 손으로 문지르며 기다리고 있었다. 맙소사. 아무리 대동단결하여 각자 3분 안에 신속히 용무를 처리한다 쳐도, 앞으로 9분 이상 고통 속에 떨며 사선을 오가야 한다. 내 얼굴은 이미 사색이 돼 있었다. 그런데, 무슨 영문인지 첫 번째 남성이 배를 움켜쥔 채 두리번거리다, 뒷 녀석에게 고개를 끄덕거리자, 뒤 녀석도 함께 잔뜩 찌푸린 채 고개를 끄덕였다. 그러더니, 비어 있는 여자 화장실로 들어가 버리는 게 아닌가. 녀석은 2분 뒤에, 세상을 다 얻은 표정으로, 해탈한 표정으로, 가뿐히 걸어 나왔다. 그러자 두 번째 녀석도 내 앞의 녀석에게 고개를 끄덕이더니, 또 여자 화장실로 들어가는 게 아닌가. 잠시 후, 이 녀석도 세상에서 가장 행복한 얼굴이 되어, 깃털 같은 발걸음으로 나왔다. '아아. 이것이 멕시코의 응급 문화구나!'라고 감탄했다. '로마에 가면 로마법을 따라야 하는 법'. 나는 어느새 내 뒤에 선 새로운 녀석에게 같은 방식으로 고개를 끄덕였다. 그 역시 익숙하다는 듯, 인상을 찌푸리며 고개를 끄덕여줬다.

이 글의 문학적 품격을 위해, 이후 내가 맛본 해방감에 대해선 묘사하지 않겠다. 그저, 애굽에서 430년간 노예 생활했던, 이

스라엘 백성이 출애굽을 할 때의 기분 정도라 해두자. 나는 진정으로 가볍고 산뜻한 몸과 마음이 되어, 정말이지 새로 태어난 기분이 되어 화장실에서 나왔다. 그리고 나는 목도했다. 여자 화장실 앞에 생긴 긴 줄을. 번갯불처럼 이글거리는 십여 개의 눈동자가 나를 지켜보고 있는 것을.

해명하려 했지만, 스페인어 단어를 몰라 스마트폰의 사전 앱과 씨름하는 사이, 경찰이 와버렸다. 나는 중국 문화혁명기의 지주처럼, 분노한 군중에 둘러싸여 '죽어라! 죽어!' 소리를 듣고 있었다. 그때, 아까 내 뒤에서 줄을 섰던 녀석은 '무슨 일 있었냐'는 듯 남자 화장실에서 나와, 무심한 표정으로 나를 보고선 가버렸다. 나는 그렇게 멕시코 경찰서로 끌려갔다는 이야기를 파블로에게 해줬다. 그는 껄껄 웃었고, 나는 그가 웃는 걸 보며 '이야. 그래, 내 거짓말 솜씨가 여기에서도 통하는구나' 하고 만족했다. 그렇다. 내가 정말 억울한 건, 내가 녀석을 웃기려고 이이야기를 지어냈다는 것이다(네. 진짜로 가진 않았어요).

소설가는 언제나 자신의 '구라'가 통하는지 실험해보고 싶다. 이것도 직업병이다. 그러니, 여러분도 명심하시길. 외롭다 해서,

친구를 사귀고 싶다 해서, 이야기를 지어내지 마시길.

어쨌든, 이게 내가 트럼프, 정확허는 트럼프 호텔 때문에 고통받은 사연이다.

사 건 명 ' 나 폴 리 렌 터 카 '

1.

- 작가님. 명품 좋아하시나 봐요?

제발 안 물어봐주길 바랐는데. 하지만, 이곳은 패션 브랜드에서 주최한 행사장 아닌가. 그래도 자세히 안 보면, 모를 것이다.

- 이렇게 꿰매서까지 입으시다니….

아, 이런. 생각보다 크게 보이는구나.

행사 주최 담당자는 한 손에 칵테일을 든 채 나를 보고 있다.

'설마 대답을 원하는 건가.'

묻지도 않았지만, 나도 모르게 둘러대버렸다.

– 하하. 이게 개인적인 추억이 담긴 거라서요! 자, 건배.

포장 하면 추억이지만, 포장을 걷어내면, 그 기억은 악몽이자 고통, 신고이자 신산, 신간이자 소동이다.

사실, 그 사건 이후로, 그와 연락을 한 적은 없다. 하지만, 이런 식으로 평온한 내 일상에 수시로 유성처럼 떨어져, 그 소동을 소환한다.

내 휴대전화기 속에는 사진이 한 장 있다.
인천공항 입국장을 배경으로 나는 몹시 지쳐 보이고, 삭발을 한 채 내 옆에 서 있는 한 남자는 활짝 웃고 있다.
그래, 이 모든 사연의 출발점에는 그가 있다.
이야기는 4년 전, 나폴리로 거슬러간다.

2.

한동안 장편소설을 쓰지 못했던 나는, 이른바 '나폴리 4부작'의 1권인 〈나의 눈부신 친구〉를 읽고 희망을 봤다. '이런 식의 복잡한 우정의 정서가 흐르는 소설을 쓰면 된다.' 여행을 좋아하기 때문인지, 이 소설에 영향을 받았기 때문인지, 나폴리에 안 가고선 못 배길 것 같았다.

나폴리! 피자와 마라도나의 도시, 걸작 〈자전거 도둑〉과 마피아가 공존하는 도시. 내게는 단선적이고 빤한 도시보다는, 이렇게 복잡 미묘한 도시가 영감을 준다. 나는 이 도시가 내 죽은 창작 세포를 깨울 것을 알았다. 그렇기에 한 치의 망설임 없이 나폴리로 날아갔다. 내가 묵은 숙소는 이름을 짓기 위해서 딱히 고민했을 것 같진 않았지만, 나폴리를 대표할 만했다. 왜냐하면, 이름이 '나폴리 호텔'이었으니까. 나폴리로 가서, 마르게리타 피자를 먹고, '나폴리 호텔'에서 자고 일어나니, 그야말로 나폴리로 왔다는 게 실감 났다. 이 미식의 도시에서 먹는 조식은 어떠할까. 기대감을 품고, 숙소 1층의 조식 코너로 갔다.

아름다운 이탈리아 남부의 아침을 상상하고 가보니, 누군가 소란스레 "주케로, 주케로(zùcchero: 설탕)!"를 외치며 먹고 있었다. 나는 이탈리아어는 못하지만, 독일어는 약간 한다. 독일어로 '주커(zucker)'는 설탕인데, '주케로'가 '주커'와 비슷하니, 혹시 '설탕'인가, 하는 의문이 들었다. 조금이라도 현지어를 익혀두는 게 좋지 않은가. '주케로'를 외치는 남자가, 설탕을 뿌려 먹으면 내 짐작이 맞으니, 확인할 겸 그쪽으로 갔다.

그래서 그 '설탕남'의 뒤편으로 갔는데, 뒤돌아선 그와 눈이 마주쳤다. 그러자, 그가 깜짝 놀라 말했다.

─ 어! 최 작가님. 여기 웬일이세요?

내가 묻고 싶은 바다. 그는 한국에서 알 만한 사람은 알고, 모를 만한 사람은 모를 법한 로커 H였다. 그와 나는 몇 해 전, 홍대 앞의 작은 카페에서 열린 한 음악 토론회에 공동 연사로 초대받고, 뒤풀이까지 해서 아는 사이이다.

한때, 청춘의 상징이었던 H는 못 본 사이, 배가 나오고, 엄청나게 후덕해져 있었다. 게다가, 그의 앞에 놓인 팬케이크엔 시럽이 아드리아해처럼 흥건했고, 도넛은 피사의 탑처럼 위태롭게 쌓여 있었다. 그런데도, 설탕을 찾고 있다니.

'이토록 단걸 좋아하면 미국에 가지. 이탈리아에 왜 온 걸까?'

기차와 생맥주

- 네. 취재도 하고, 여행도 하고, 겸사겸사…. 그런데, 혼자 오
  셨어요?

그가 혼자 온 게 딱히 궁금하진 않았다. 나폴리에서 이렇게
마주친 게 예삿일은 아니잖은가. 그래서 물은 건데…, 그는 추궁
이라도 당한 듯 답했다.

- 아. … 어. 그, 그게… 일정이 좀 어그러졌어요.

H는 장황하게 원래는 나폴리에 중요한 볼일이 있어서 왔으며
(그러며, 그 일이 무엇인지는 말하지 않았다), 그 중요한 일의 수행이
예상보다 너무 빨리 끝나서(그러며, 자신이 무슨 일이든 빨리 끝내
는 효율적인 예술가라 했다), 결국 홀로 남게 된 거라 했다. 그러며,
나를 보며 대뜸 물었다.

- 혹시 혼자시면… 같이 다니실래요?

그의 계획은 이랬다. 이탈리아에 왔으니, 이탈리아를 상징
하는 올드카인 피아트 500, 일명 '친퀘첸토'● 1969년산을 빌

● 이탈리아어로 '500'을 뜻한다.

려서, 시골길을 달려 북쪽에 있는 작은 마을 '몬테풀치아노(Montepulciano)'까지 갈 요량이었다. H는 이때 이탈리아인처럼 손끝을 모으고, 입술을 내밀어 '모온테~ 푸우울~ 찌아노~!'라 했다. 그곳에서 토스카나의 쏟아지는 햇빛을 받고 자라는 포도밭의 공기를 마신 뒤(정말 이렇게 말했다. 그곳에 가는 목적이 포도밭의 공기를 마시는 것이라 했다), 다시 차로 이십 분 거리인 작은 마을 '피엔차(Pienza)'로 가서 돌길을 거닐며 '지압'할 생각이라 했다(내가 의아한 표정을 짓자, 걱정하지 말라며 맨발로 다닐 생각은 아니라 했는데, 사실 이런 생각을 한다는 자체가 더 불안했다).

그의 계획이 너무 구체적이라, 자유의 폭이 좁을 것 같았다. 그런데 엄밀히 따져보니, 그의 계획은 결국 그저 '숨을 쉬고, 걷고 싶다'는 것뿐이었다.

- 저어… 그런데, 저는 나폴리에 취재하러 왔는데요?
- 최 작가님은 다시 나폴리로 돌아오시면 되죠.

'아, 그렇구나!' 이런 데서 그를 마주친 이 우연함에 잠시 뇌가 작동하지 않는 것 같았다.

- 그럼, 제가 반드시 나폴리로 돌아와서 차를 반납해야 하나

요?

- 아니요! 어느 지점에 반납하든 상관없어요. 로마, 피렌체,
  밀라노, 시에나… 총 9개 도시에 있어요. 혹시 반납일을 넘
  기면, 추가 요금만 내면 되고요.

H는 모든 걸 조사해뒀다. 차라리 잘됐다 싶었다. '그래 별 계
획 없이 왔으니, 한동안은 H와 그냥 같이 다니자.' 그의 계획대
로 따라가면 적어도 심심하지는 않을 것이다. 그리고 같이 다니
면, 숙박비, 교통비도 반으로 줄 것 아닌가.

3.

쉰 살 이상 먹은 '친퀘첸토'는 우렁찬 소리를 내며, 살아 있음
을 증명했다.

그 사실이 H를 들뜨게 했는지, 인과관계가 빈약한 단어를 늘
어놓았다.

- 마르게리따! 로베르토 베니니! 본 젤라또!
- 피자 먹고 출발하자고요?
- 하하. 아닙니다. 그냥 기분 좋아서, 아는 이탈리아어 해본

겁니다. 본 조오~르노!

　그는 여행의 주도자답게, 상당히 적극적이었다. 렌터카를 빌릴 때도 반씩 내자니까, "이 차는 제가 골랐잖아요!"라며 호기롭게 카드를 내미는데, '체크카드'였다. 체크카드를 실물로 본 건, 약 이십 년 만이었다. 요즘에도 이걸 쓰는 성인이 있다니.
　H는 의외로 알뜰한 성인이라는 인상을 줬다.

　친퀘첸토는 기대 이상으로 맹렬했다. 이탈리아 특유의 키 크고 날씬한 활엽수 사이를 세차게 달렸다. H가 동의할지는 모르겠지만, 우리가 마치 돈키호테와 산초가 되어 시골길을 달리는 것 같았다. 그때 H의 전화기가 울렸다.
　그는 "쁘론또?(Pronto: 여보세요)"라고 하고서 몇 분씩이나 상대방의 말을 사뭇 심각한 표정으로 듣더니, 나를 바꿔줬다.
　- 무슨 말인지 하나도 모르겠네.
　받아보니, 상대는 이탈리아어로 열변을 토했는데, 나 역시 이탈리아어를 모르긴 마찬가지다. 혹시나 영어로 '무슨 일이냐'고 물어보니, 상대는 이탈리아인 특유의 악센트로 영어를 더듬더듬 말했다. 영어를 잘 못하는데 열심히 설명하는 걸 보면, 뭔가 중요한 일일 법하다. 하지만, 내가 이해하기로는, 그다지 중요한 게 아니었다.

전화를 건 사람은 렌터카 회사 직원이었는데, 우리 차의 청소가 제대로 되지 않았기 때문에, 다시 반납해주면 고맙겠으며, 이런 불편을 끼쳐 상당히 미안하므로, 사죄의 의미로 차량을 1972년산 메르세데스 하늘색 카브리올레로 바꿔주겠다고 했다. 내가 이 말을 전하자, 운전 중이던 H는 고개를 돌려 뒤를 둘러봤다.

– 깨끗한데… 무슨 청소가 안 됐다는 거지?

그리고 앞으로 고개를 돌린 H가 갑자기 외쳤다.

– 맘~마미아!(엄마!)

우리 눈앞에 이탈리아 활엽수가 천하대장군처럼, 길을 양보할 수 없다는 듯 서 있었다. 급커브길을 미처 보지 못한 채, H의 친퀘첸토는 이탈리아 활엽수에 그대로 받아버렸다.

쉰 살 넘은 친퀘첸토는 화가 났다는 듯이, 자기 몸에서 연기를 뿜어내며 파업을 선언했다. 그런데 놀랍게도 외관상으로는 범퍼 앞쪽만 찌그러졌을 뿐이다.

- 최 작가님. 믿을지 모르겠지만, 이게 다 우리 여행이 잘될 거라는 증거입니다.
- 왜죠?
- 콜럼버스는 신대륙을 발견하기 전, 스페인에서 7년간 여행 과 수색에 헛된 노력을 쏟았습니다. 마르코 폴로는 원나라 에서 17년을 갇혀서 살았습니다. 즉, 위대한 여정에는 언제 나 고난이 따르기 마련이었습니다. 이런 고난이 없었다면, 신대륙의 발견도,《동방견문록》의 탄생도 불가능했을 겁니 다.

의외로 H는 역사에 박식한 인물이라는 인상을 줬다.

- 그런데, 그게 대체 우리 여행과 무슨 상관이 있죠?
- 여긴 이탈리아고, 콜럼버스도 마르코 폴로도 이탈리아인 아닙니까. 이건, 우연이 아니에요. 우린 대단한 걸 발견할 겁 니다. 이건 복선 아닙니까?! 뻬르~뻭또(Perfetto: 완벽해)!

미안하지만, H가 작가를 꿈꿨다면, 나보다도 안 팔리는 작가 가 됐을 것이다.

그나저나, H는 긍정적인 인물답게, 마침 보험을 들었으며, 그

보험에 범퍼 수리는 포함돼 있으니, 걱정하지 말라 했다. 하지만, 나는 사실 좀 아쉬웠다. 렌터카 회사에서 서비스로 차를 메르세데스 오픈카로 바꿔준다 했는데, 이렇게 차를 받아버렸으니, 대체 어느 호인이 이 와중에 친절을 베푼단 말인가.

그러나 H는 긍정의 화신답게, 이 여행에서 발견할 기쁨을 기대하며 운전석에서 도넛을 열두 개 먹어치웠다.

4.

이탈리아 여행을 한다는 사실이 무색할 만큼, H가 던킨도너츠를 스무 개쯤 먹고 나자, 우리는 티볼리에 다다라 있었다.
　– 어. 삼십 분만 가면 로마네요. 역시, 모든 길은 로마로 통하는군요.

H는 자신의 농담이 마음에 들었는지 가뜩이나 상태 좋지 않은 '친퀘첸토'가 흔들릴 만큼, 웃어젖혔다. 그러며, 로마에 가자고 했다. 찌그러진 게 고작 범퍼이긴 하지만, 잠시 연기가 났던 만큼, 점검을 받아봐야 하지 않겠냐는 게 그의 주장이었다.
　– 쉰 살이 넘은 차를 이대로 방치해두면 안 되죠.

하지만, 그는 로마에 도착하자마자, 갑자기 '금강산도 식후경' 이라며, 식당으로 향했다.

사실, 나도 이견은 없었다. 어차피 밥은 먹어야 하지 않는가. H는 의외로, 사람의 마음을 조금은 이해한다는 인상을 줬다.

H는 '이해심 넓은 사람'답게, 나를 향해 고개를 끄덕이며 말했다.
  - 우리 다양하게 주문해서 나눠 먹어요. 제가 이것저것 골고루 시켜볼게요.

비록 뜻은 모르지만, 발음만큼은 이탈리아 한인회장보다 자신감 넘치는 그였기에, H는 당당하게 메뉴판에 있는 음식을 골고루 주문했다. 물론, 웨이터는 H가 주문하는 메뉴가 하나씩 늘수록, 고개를 갸우뚱했다. H는 이미 열 접시 넘는 음식을 주문한 것이다. 웨이터가 H에게 뭔가를 물으려 하자, 어디선가 나타난 주인이 우리에게 "땡큐. 써"라고 말하며, 웨이터를 데려갔다.
  그 결과 우리 앞에는 H가 주문한 제노아, 토스카노, 깔라브레즈, 페넬, 쁘로슈또, 쏘쁘레싸따, 모르따델라, 카포콜로 따위가 나왔는데, 결국 모두 살라미였다. 그 와중에 '모둠 살라미'도 있었다. 열 접시 넘게 붉고, 짜디짠 생햄만 놓인 걸 보고, H는 사색이 됐다.

– 젠장. 단거는 하나도 없잖아. 맘마미아!

그때, 우리를 구원할 유일한 음료, 즉 와인이 왔다. H는 '그라~찌에'를 연발하며, 와인을 벌컥 마셨는데, 혀끝으로 아이처럼 '퉤퉤' 소리를 내며 인상을 썼다.

– 젠장. 왜 술이 시고 쓴 거야!

그가 주문한 토스카나 와인 '산지오베제(Sangiovese)'는 타닌이 많이 함유된, 이탈리아의 대표적인 쓰고 신 포도주였다.

이때부터, H는 '나폴리 호텔'에서 처음 만났을 때처럼, 줄곧 '주케로(설탕)'를 찾았는데, 그때 또다시 H의 전화기가 울렸다.

H는 "쁘론또(여보세요)"라고 하고서 또 진지하게 한참을 듣더니, 내게 그새 익힌 이탈리아어로 "'주케로' 있어요?(설탕 있어요?)"하며 전화기를 건넸다. 상대방은 "주케로, 노! 주케로, 노!"라고 말하고 있었는데, 아까 몇 시간 전에 통화했던 그 렌터카 회사 직원이었다.

이렇게 연락이 왔으니, 나는 우리에게 일어난 일을 설명했다.

현재 우리 차량은 사고가 났고, 점검을 할 예정이고, 그래서 미안하기도 해서, 차를 바꾸러 돌아가지 않았다, 그리고 우리가 보기에 청소는 그 정도면 잘돼 있었다, 그러니 점검 후에 안전에만 문제없다면, 이 차를 그대로 타겠다, 수리비는 보험으로 처리하자, 라는 식으로 말했다.

그런데, 직원은 이상한 친절함을 내비쳤다.

— 선생님들이 계신 곳을 말씀해주시면, 우리 직원들을 보내 겠습니다. 물론, 메르세데스도 함께요.

'이렇게까지 해줄 게 뭔가?'

너무 이상하다는 생각이 들었다. 순간 나도 모르게 전화를 끊고, 밖으로 나갔다. 그리고 범퍼가 찌그러진 '친퀘첸토'로 갔다. 문을 열고 들어가 일단 운전석 시트 아래부터, 손가락으로 쓱 훑어봤다. 핸들 아래도, 글로브박스도, 계기판 밑 쪽도, 조수석 시트도, 그리고 조수석 쪽 문짝 안을 손으로 훑는데, 느낌이 왔다. 누군가 한 번 열어본 것처럼 가죽시트 일부분이 약간 상해 있는 것이었다. 나는 과감하게 힘을 주어 문짝의 덮개를 떼어냈다. 그러자, 편의점에서 흔히 봐온 1kg짜리 투명 설탕 봉지 안에 빼곡히 담긴 하얀 가루가 나왔다.

나는 봉투 끝을 조금 찢어 손가락을 담갔다. 손끝에 묻은 흰 가루의 맛을 봤다. 난생처음 보는 맛이다. 찝찔하고 이상한 맛, 손끝에 조금 찍었을 뿐인데도, 기분 탓인지 어질해지는 것 같다. 이거였다. 이거 때문에, 전화한 거구나. 알랭 들롱 주연의 〈볼사리노〉가 머릿속에 스쳐갔다. 거기서 마피아들은 차 문 안에다 항상 '장물'을 숨겼다. 게다가, 우리가 차를 빌린 곳은 '나폴리' 아닌가.

충격의 파도가 덮쳐오니, 눈앞이 막막했다. 그때였다. 어디선가 나타난 H가, "아. 왜 설탕 혼자 먹어요?"라더니, 봉투를 낚아채서 입안에 확 털어넣었다.

사람이 너무 놀라면, 뇌가 정지하고, 몸이 굳어버린다.

그 와중에도 H는 "내가 설탕 얼마나 찾았는데!"라며, 입에서 흰 가루를 거품처럼 뿜어내며 말했다.

그러더니, "어. 새로운 맛이다. 왠지 더 먹고 싶네"라며 다시 입에 털어넣으려는 걸, 그제야 내가 낚아챘다. 이때부터, 원래 이상했던 H는 더 이상해지기 시작했다. 갑자기 '하하하하하하하하하하하하하' 웃더니, 식당 안으로 들어가서, 남은 와인을 입안에 다 털어넣더니 "와. 사이다다! 사이다!"라고 했다. 그리고 기세 좋게, 카운터로 가서 "팁은 천 유로"라며 한국어로 말하며, 예의 그 체크카드를 꺼냈다.

더 소동을 피우기 전에 어서 여기를 떠나야겠다 싶었다. 어서, 눈에 보이는 아무 호텔로 가서 이 녀석을 일단 재워야 한다. 이대로 있다간, 무슨 소동을 피울지 모르고, 경찰서에라도 끌려가면, 또 무슨 감당 못할 일이 벌어질지 모른다.

나가려 하니, 주인이 나를 붙잡았다. '경찰에 신고한다는 건가?' 주인은 인상을 찌푸리며, 내게 체크카드를 다시 건넸다. 잔액 부족이었다. H는 계속 내 옆에서 "그럼, 팁은 만 유로!"라고 외쳤고, 급한 대로 나는 내 신용카드로 계산을 했다. 살라미를 종류대로 다 맛본 대가는 450유로였다.

그나저나 내가 누구인가. 언젠가는 범죄 소설을 쓰겠다는 계획을 남몰래 품어온 작가 아닌가. 이 흰 가루를 갖고 있으면, 큰일 나겠다 싶었다. 검문에라도 걸리면, 우리는 철창행 신세가 될지 몰랐다. 하여, 나는 식당 주차장 화단의 돌 몇 개를 들어서, 그 밑에다가 급한 대로, 가루 봉지를 숨겨뒀다. 그리고선, 갑자기 자신의 곡을 메들리로 부르기 시작한, H를 조수석에 구겨넣었다. 그 광경을 보며, 식당 주인은 혀를 끌끌 찼다.

기차와 생맥주

이런 신고(辛苦)를 겪는 나를 신이 가엾이 여긴 걸까. H는 예상외로 차 안에서 곯아떨어졌다.

망망대해에서 태풍을 겪고 난 선원처럼 그제야 긴장이 풀렸다. 나폴리에서 H를 만난 것부터, 사고가 나고, 또 차 안에 이상한 가루가 나온 것까지, 지난 24시간이 몇 년처럼 느껴졌다.

그렇게 회한에 젖은 채 신호 대기를 하는데, 어느새 깨어난 H가 문을 열더니 "내가 로마의 왕자, 또르띠야다"(로마의 왕자 '또띠'다, 라고 말하고 싶었던 것 같다)라며 뛰쳐나갔다. 급한 대로, 아무 데나 주차를 하고 싶었지만, 극심한 정체 탓에 차는 옴짝달싹할 수 없었다. 나는 그야말로 차 안에 감금당한 채, 부디 H가 난동을 피우지 않길 신에게 기도했다. 이탈리아에 존재하는 모든 유형의 욕설을, 로마의 거친 운전자들에게 들으며, 겨우 차를 무간지옥에서 빼내 주차를 하고, 아까 H가 뛰쳐나간 곳으로 갔다.

둘러보니, H는 백색 조명이 성처럼 화려하게 켜진 패션 매장 안에서, 직원들에게 박수를 받고 있었다. '에르메네질도 제냐'

매장이었다. 나는 H를 찾아냈다는 안도감, 그리고 대체 무슨 짓을 하는 건지 알 수 없는 불안감에 젖은 채, 문을 열었다. H는 머리부터 발끝까지 명품으로 치장한 채, "아임 스틸 얼라이브! 아임 스틸 얼라이브!"를 외치며, 스쾃을 하고 있었다.

급격하게 불어난 체중의 소유자답게 앉을 때마다, 배가 허리띠 위로 솟아나왔고, 엉덩이와 허벅지가 팽팽히 부풀었다. 대체 얼마 동안 이러고 있었던 걸까. 이탈리아 장인의 땀과 노하우가 깃든 바지 엉덩이 쪽은 못 버티겠다는 듯, 갑자기 '투두두두둑' 터져버렸다. 그 바람에 H의 팬티가 고스란히 드러났다. 하지만, 그는 개의치 않는다는 듯, 호기롭게 "아이 엠 슈퍼스타 오브 더 코리아" 하며, 예의 그 체크카드를 내밀었다.

맙소사. 다른 옷은 돌려줘도, 바지만은 내가 결제하는 수밖에 없었다. 바지는 자그마치 217만 원. 할인해서 190만 원에 결제했다. H는 가랑이 사이로 들어오는 밤바람을 시원하게 맞으며 또 말했다.

　－ 내가 로마의 또르띠야다!

6.

이게 내가 200만 원이 넘는 명품 바지를 꿰매서 입고 다니는
사연이다.

아, 뒷이야기는 어떻게 됐냐고?

다음 날 아침, 식당 주차장에 가보니, 흰 가루는 사라지고 없
었다. 차라리 잘됐다 싶었다. 다시 그 흰 가루를 조수석 문 안
에 감춰 넣고, 차를 반납하러 가는 것도 불안했기 때문이다. 나
는 아무것도 모른다는 듯이, 나폴리 지점으로 갔다. 직원은 우
리 차가 들어오는 것만 보고도 반가웠는지, 뛰쳐나왔다. 그러고
선, 어서 메르세데스로 바꿔 타라고 했다. H와 나는 잽싸게 '그
라치에'를 말하고, 하늘색 오픈카를 몰고 나왔다. 백미러로 보
니, 우리를 향해 급하게 달려오는 직원이 보였다.

물론, 그 후에 차가 한 대 따라왔지만, H는 어쩐지 능숙한 솜
씨로 그 차를 따돌리며 말했다.

"뻬르뻭또, 또띠, 페라~리."

의외로, H는 필요할 때면, 제 역할을 한다는 인상을 줬다.

그러고선 곧장 로마 공항으로 가서, 공항 지점에 차를 반납했다. 당연한 말이지만, 바꿔놓은 티켓으로 우리는 서울로 돌아갈 참이었다. 사소한 소동도 있었다. 우리가 입국장에 들어가자마자, 간발의 차로 나타난 한 무리의 사내들이 두리번거렸는데, 어쩐지 우리를 찾는 것 같았지만, 나는 지난 십여 년간 문단에서 존재감 없이 살아온 작가답게, 아주 조용히 입국장으로 들어갔다. 물론, 아쉬워하는 H를 끌고서.

그리고 H에 대해 안 것도 있다. 그가 나폴리로 온 이유는, 유학생이자 헤어진 전 여자친구의 마음을 돌려보려는 것이었다. 더욱이, 최근에 낸 앨범이 모두 실패했고, 이로 인한 상실감과 스트레스로 폭식을 했다. 그 결과, 당 중독증에 걸렸고, 체중은 늘고 자신감은 잃은 것이었다. H는 한때 청춘의 상징이었던 과거의 자신과 과거의 애인을 되찾기 위해 나폴리에 온 것이었다. 그래서 절망에 빠졌을 때, 나를 만난 게 얼마나 다행이었는지 모른다고 했다. 그가 한 과장된 행동은 슬픔을 잊기 위한 자기최면인 셈이었다. 더욱이, 그는 파산 직전이었다. 나는 딱히 해줄 말이 없어, 삭발이나 하라고 했다. H가 털어넣은 게, 혹시 수상한 가루일지 모르니까. 그리고, 딱히 의도한 것도 아니지 않은가.

H는 추진력만은 훌륭한 사내였다. 내가 잠시 면세점을 둘러보는 사이, 삭발을 하고 나타난 것이다. 그는 태연하게 "이걸 팔던데"라며 손에 이발 기계를 들고 있었다. 상당한 고급 트리머였다. 그러며 H는 내가 주차장에서 숨겨둔 가루 봉지를 찾던 그 자리 근처에서, 작은 종이 뭉치를 하나 주웠다 했다. 누군가, 그 자리에 500유로를 두고 갔다는 것이다. 식당 주인일까, 아니면 우리를 뒤쫓았을지 모를 또 다른 누구일까. 모르겠다.

　어쨌든, H는 그 트리머를 사고 남은 돈을, 내게 바짓값을 하라고 건넸다. 하지만, 나는 됐다고 했다. 그걸 쓰면 더 옭매이게 될 것 같아서.

　그럼, 나는 무얼 얻었냐고? 대신, H에게 물었다.

　- 혹시, 나중에 이 이야기, 에세이로 써도 돼?
　어느새 우리는 반말하는 사이가 됐다.
　그는 웃으며 말했다.
　- 단, 조건이 있어.
　- 뭔데?
　- 이니셜로 써. 나인 줄 알아볼 수 없게.
　당연하다. 원래 그럴 생각이었다. 참고로, 그의 이름에는 'H'

가 들어가지 않는다.

　- 그리고 또 하나.

　- 내가 이탈리아 여자들에게 인기가 많았다고 써야 해. 알았
　　지?!

　그래서, 믿기 어렵겠지만, 이 글은 이 문장으로 끝이 난다.

　"H는 비록 한국 여자친구에게는 실연을 당했지만, 적어도 이
탈리아에서는 인기가 꽤 있었다. 특히, 에르메네질도 제냐 매장
에서는…."

사 건 명 ' 사 랑 의 헌 터 '

1.

세 번에 걸쳐 괴상한 여행 이야기만 쓴 것 같다. 난들 멀쩡한 여행을 하지 않겠는가(당연히 한다). 변명하자면 첫 회 제목을 '사건명 ○○○'이라 짓고 나니 그 인력(引力) 때문에, 어쩐지 다음 편도 '사건명 ○○○'이라 붙여야 할 것 같았다. 그러자 그다음엔 '사건명'이란 제목을 버리면 더 안 될 것 같았고, 결국 나도 모르게 시리즈가 돼버렸다. 기왕 이렇게 된 것, 이번에도 제목은 '사건명'으로. 그리고, 아쉽지만 이번이 마지막.

누구나 삶에 거품이 끼는 시기가 있다. 내게는 7~8년 전이 그랬다. 장편소설로 상을 받은 지 얼마 안 됐고, 청탁받은 원고들을 별 무리 없이 써냈다. 그 덕에 여기저기서 청탁이 들어왔다. 그중에 잊을 수 없는 게 있는데, 바로 '포틀랜드 체류 에세이'다.

"힙스터들이 포틀랜드에 많이 가니, 최 작가가 체류하고 에세이를 써보면 어떻겠소?" 하고 한 출판사 대표가 대뜸 제안한 것이다.

'아니, 힙스터와 내가 무슨 상관이 있단 말인가?'

내 회의를 눈치챘는지, 대표는 설득을 이었다.

– 도시 슬로건이 'Keep Portland Weird'예요. '포틀랜드를 계속 이상하게!' 미안하지만, 내가 아는 사람 중에 최 작가가 제일 이상해요.

나는 그만 수긍하고 말았다. 그러자, 대표는 빼먹어선 안 된다는 듯 덧붙였다.

– 올 4월에 공유 숙소 사이트 하나가 생겼어요. 이참에 여기로 숙소를 예약해서 그 경험도 한번 써봐요. 독자들이 궁금해할 거예요.

때는 2014년 5월이었다.

✳

예약한 숙소는 도심에 있는 2층짜리 아파트였다. 주인은 1층을 쓰고 나는 2층을 썼다. 즉, 일정 공간은 '공유'하고 다른 일정 공간은 '독립'된 이상적인 곳이었다.

집주인 제니퍼는 나보다 열 살 정도 많은 독신 여성이었는데, 포틀랜드에 대해 친절하게 알려줬다. 세계에서 가장 크다는 독립서점 파웰 북스와 포틀랜드의 상징인 에이스 호텔까지 가는 법, 저녁 때 즐길 수 있는 식당과 카페, 그리고 브루어리까지, 그 이동법은 물론 곳곳의 맛에 대한 품평까지 곁들여줬다. 나는 '공유 숙소 주인은 자기 집뿐 아니라, 자기의 마음까지 공유해주는구나' 하고 감탄했다.

그리고 다음 날 아침, 숙소 근처의 포레스트 공원에 가서 조깅하고 돌아오는 길이었다.

- 초이?!

돌아보니, 제니퍼가 개와 함께 산책 중이었다. 대형견이라 몸

집이 사람만 했는데, 정말로 내가 만취해서 기어 다니면, 딱 제니퍼의 개와 몸집이 비슷할 것 같았다. 녀석의 이름은 티벳이었다. 제니퍼는 티벳의 독립을 지지하는 사람답게, 정치적 질문부터 했다. '김정은은 왜 자꾸 이상한 소리를 하느냐.' '코리안들은 불안하지 않은가.' '우리 미국인들은 김정은 때문에 불안하다.' 그러고 나서, '어제는 어디를 갔는지' '포틀랜드의 인상은 어떤지', 그리고 '내가 왜 이곳에 왔는지' 꼬치꼬치 캐물었다. 삼십 분간 답하니, 제니퍼가 면접관처럼 느껴졌는데 아니나 다를까 면접관 같은 소감을 남겼다.

  – 너 영어 잘하는구나!

  그러다 보니, 나 역시 구직자처럼 답하고 말았다.

  – 미국에서 교환학생으로 일 년간 지냈거든요.

  제니퍼는 나에게 환하게 웃으며 물었다.

  – 굿! 혹시 주변에, 너 같은 남자 없어?

  내 표정이 어리둥절해 보였는지, 제니퍼는 단도직입적으로 말했다.

  친구 중에 '엘레나'라는 이탈리아 독신 여성이 있다고.

  엘레나는 미군과 결혼해서 이혼한 후에 혼자 지내서 외롭다고.

  누군가를 만나면 좋겠는데, 자기가 볼 때 나 같은 사람이면 괜찮겠다고.

그러며 덧붙였다.

－ 결혼하고 헤어져도 돼. 엘레나도 그렇게 시민권자가 됐으니
 까.

아니, 80년대 영화 〈깊고 푸른 밤〉도 아니고, 시민권을 얻기
위한 결혼이라니⋯. 나는 한 대 맞은 듯 멍해졌다.

－ 왜 그래? '네 주변'에 미국에서 살기 원하는 친구 없냐니까.
 너 말고.

그러며, 미소 지었다.

－ You are my guest(너는 내 손님이잖아).

아, 그때 나는 미혼이었다. 만나는 사람도 없는.

2.

어리둥절한 경험을 한 탓인지 꿈에 엘레나가 나타났다. 제니
퍼와 함께 엘레나의 이층 집으로 초대를 받았는데, 초인종을 누
르자 그녀가 문을 열며 '보오온 조오오르노'라며, 내 양 볼에
살짝 뽀뽀하며 인사를 했다. 아니, 미국에서 왜 이탈리아어를

하고, 또 미국인데 왜 이탈리아식 인사인 '두에바치(Due Baci)'를 하느냐 따지지 마시길. 다시 말하지만, 꿈이다. 꿈이라서 그런지 엘레나의 식탁에는 스파게티 세 그릇, 피자 세 판, 그리고 리조또 세 접시가 놓여 있었다. '아니, 이걸 다 먹으라고?'

이런 생각하며 "노. 노. 노 땡큐"라며 손사래를 쳤는데, 제니퍼가 크게 외쳤다.

– 노 브렉퍼스트?

"노 브렉퍼스트?"만 입체 서라운드 음향처럼 들렸다.

'어, 이 생생한 느낌은 뭐지' 싶은 차에 다시 들렸다. 노크 소리와 함께.

– 초이. 브렉퍼스트(아침 먹자)! 컴 다운(내려와).

현실 세계에서 들리는 말이었다.

아래층에 내려가 보니, 맙소사. 꿈에서 본 것은 저리 가라 할 만큼, 황송한 아침상이 차려져 있었다. 샐러드만 해도 새우·파스타·카프레제 3종 샐러드가 있었고, 내 꿈이 예지몽이었는지, 아니면 조상 중에 한국인이 있어서 '복삼자'를 좋아하는지 식사도 '피자, 파스타, 리조또' 3종 세트였다. 게다가, 와인까지 갖춰져 있었다. 너무나 푸짐해서 '간밤에 코를 너무 크게 골아서, 벌

칙으로 다 먹으라는 건가'라는 생각까지 들었다. 그러나, 내가
더 놀란 건 '엘레나'가 와 있었기 때문이다.

 – 어제는 내가 실례했어. 너한테 친구를 소개받으려면, 네가
   내 친구를 알아야 하잖아. 그래서, 초대했어.

 – 하이, 초이?
그리고 음식이 푸짐했다는 사실보다, 엘레나가 아침부터 와
있다는 사실보다, 더 놀라운 점은 엘레나는 내가 예상한 이미
지와는 전혀 달랐다는 것이다.
  할리우드 배우 샤를리즈 테론 같은 이미지의 인물이 민박집
식탁에 앉아 내게 손을 흔들었다.
  화면 속에서만 존재해야 할 법한 인물이었기에, 이 민박집에
있다는 게 믿기지 않았다. 이건 하나의 거대한 연극이 아닌가,
하는 생각까지 들었다.
  그때, 엘레나가 당연하다는 듯이 내 잔에다가 와인을 따라줬
다.
  '이탈리아 사람들은 이렇게 아침부터 와인을 마시는가' 싶었
지만, 그런 걸 따지고 자시고 할 여유가 없었다. 엘레나가 손수

하사한 귀하고 황송한 포도주를 어찌 거절할 수 있나. 단숨에 마셔버리니, 엘레나는 눈이 동그랗게 커진 채로 '와우! 코리안 스타일?' 하며 물었다.

사르트르가 그랬나. 인간은 언어에 갇힌다고. 어쩌다 '원 샷'을 했을 뿐인데, 그렇게 물어보니 계속 단숨에 마셔야 할 것 같았고, 결국 우리는 오전에 와인 다섯 병을 마셔버렸다. 내 꿈이 예지몽이었는지, 아니면 제니퍼와 엘레나가 예지력이 있었는지, 테이블 위에 준비된 그 많던 음식은 와인 다섯 병을 마시는 안줏거리가 되어 결국 알코올처럼 증발해버렸다.

우리는 알코올 기운에 취해, '손에 손을 잡고, (동서양의) 벽을 넘어서' (우리 사는 세상 더욱 살기 좋도록, 이란 노래처럼) 2차로 꿈에서처럼 엘레나의 집에 갔다. 그곳에서 나는 또 한 번 미국은 여전히 '이민자 나라'라는 걸 실감했다. 엘레나의 집은 서울에서 내가 살던 집에 비해 비교할 수 없을 만큼 크고 안락했으니까, 그리고 그 집 또한 엘레나가 이탈리아에서 살던 것과는 하늘과 땅 차이라며 자신의 어릴 적 사진을 보여주며 증명해주었으니까. 나는 공유 숙소야말로 전 세계인을 모두 하나로 묶을 수 있는 혁명적인 연결고리이며, 그 연결고리의 중심에는 보편적 인류애가 뿌리내리고 있으며, 아울러, 여전히 미국은 지구촌 이웃들을 두 팔 벌려 받아들이고 있다는 인상을 받았다. 이런 내 인상이 틀리지 않았는지, 제니퍼는 갑자기 말했다.

- 우리 이렇게 된 거, 내일 '말' 타러 가지 않을래?
'말이라니. 포틀랜드에서 말을 탈 수 있단 말인가?'
내 반응이 없자, 제니퍼가 친절히 설명해줬다.
- 텍사스로. 거기에 우리 집 농장이 있거든.

맙소사. 이게 미국의 스케일인가. 말을 타러 텍사스로 간다니. 아니, 그럼 비행기표는 어떻게 끊고, 또 텍사스로 가서는 어디서 자나? 머릿속이 복잡해졌을 때, 제니퍼는 다 안다는 듯이, 역시 큰누나처럼 설명해줬다.
- 돈 워리. 초이. 내가 다 준비할게. 넌 그냥 엘레나와 함께 어울릴 친구만 부르면 돼. 아까, 뉴올리언스에 사는 친구 있다고 했잖아.

맞다. 오늘 우리가 나눈 대화를 액체로 환산한다면, 우린 백만 배럴에 해당하는 대화를 나눴고, 그중에는 나의 미국 교환학생 시절 후배인 '케빈'이 있었다. 교환학생을 마친 후 한국으로 돌아가지 않고 미국 대학으로 편입한 후, 뉴올리언스에서 파마약 사업을 하며 지내는 한국 이름은 병찬이지만 이제는 케빈으로 불리는 녀석.

주저하는 내게, 엘레나가 기대에 찬 웃음을 지으며 말했다.
ㅡ Call Him(전화해).

그렇게 나는 전화기 연락처에서 오랫동안 동면하던 케빈을 흔들어 깨웠다.

3.

ㅡ 요 맨. 크레이지 맨. 형, 정말 미쳤어.

케빈은 말은 이렇게 했지만, 잔뜩 들떠 있었다. 오랜만에 본 나를 한껏 끌어안은 그는 완전히 '코메리칸'처럼 보였다(그렇다고, 그가 시민권자라는 말은 아니다). 이젠 영어를 원어민처럼 했다는 말이다. 무슨 말이냐면, 미국에 처음 올 때 병찬이는 교환학생들 중에 영어 실력이 제일 부족했다. 하지만 아침부터 밤까지 '네이티브 스피커'들 틈에 끼어 지낼 만큼, 성실성과 열정 하나 만큼은 알아줬다. 미국에 온 지 석 달쯤 지났을 때, 케빈은 영혼의 단짝을 찾았다며, 교회에서 만난 독실한 기독교인 찰리와 대부분의 일과 시간을 보냈다. 훗날, 우연히 찰리에게 왜 그렇게 케빈과 붙어 다녔냐고 물어보니, 그가 이렇게 답했다.

  - 내가 케빈을 돕는 건, 하늘나라에 달란트를 쌓기 위해서야.
    지금도 하나님은 나를 보고 계실 거야. 케빈과 함께 매일
    시간을 보내온 나를.

성실하고 열정적인 케빈에게도 단점이 있다면, 그건 눈치가 없다는 것이었다. 굳이 하나를 덧붙이자면, 연애를 못 해봐서 사랑이 뭔지 모른다는 건데, 이건 방금 언급한 눈치 부족의 문제에서 기인한 것이다. 그러니 그 점만 논외로 치면, 결국 케빈은 거의 완벽한 인간이다. 다시 말하자면, 눈치 없다는 점만 빼면 말이다.

                               ✳

케빈과 나는 오스틴의 숙소에 가서 짐을 풀었다. 테라스가 널찍하고, 강렬한 햇빛이 쏟아지는 그야말로, 남부의 풍요로움을

온몸으로 간직하고 있는 집이었다. 당연한 말이지만, 제니퍼가 구해준 숙소다. 오스틴에서 고등학교를 다닌 제니퍼의 친구 역시, 공유 숙소를 운영하고 있었던 것이다. 유유상종은 만국의 진리인가. 제니퍼의 친구 또한 친절했다. 침대 위에 놓인 카드는 이렇게 쓰여 있었다.

'초이와 케빈을 환영해. 인생에서 잊지 못할 메모리를 만들길!'

게다가, 카드 주변에는 수건이 하트 모양으로 빙 둘려 있었다.
  – 형. 왠지 여기서 평생 잊지 못할 로맨스가 싹틀 것 같지 않아요?!
안 본 사이, 케빈은 성실함과 열정뿐 아니라 조증까지 겸비한 듯했다. 하지만 케빈이 한평생 눈치 없이 살긴 했지만, 결과적으로 그때 한 그의 말은 맞았다. 우리는 평생 잊지 못할 경험을 했으니까.

텍사스주는 처음이었는데, 이런 내 마음을 아는지, 제니퍼는 우리가 숙소에서 짐을 푸는 사이 픽업트럭을 한 대 몰고 다시 나타났다. 게다가, 텍사스 사람답게 부츠에 카우걸 모자까지 쓰고 나타났다. 바퀴 하나가 내 허리까지 올라오는 거대한 픽업트력을 보니, '여기가 텍사스구나' 하는 게 새삼 실감 났다. 게다가, 나와 엘레나와 케빈을 태우고, 능숙하게 운전을 하는 제니퍼를 보니, '연상을 만난다는 게 이런 건가' 하는 기분이 들었다. 이때까지 연상과 한 번도 만나본 적이 없는 내게, 제니퍼는 그야말로 내 삶의 궤적과 반대되는 모든 것을 갖춘 유형이었다. '연상, 외국인, 텍사스, 픽업트럭, 플러스(+) 친절함.'

제니퍼가 데려간, 그러니까 그녀의 표현에 따르자면, '그냥 우리 집 농장'은 입이 떡 벌어지는 곳이었다. 가도 가도 농장이 안 나와서, 대체 언제쯤 농장에 도착하느냐 물으니, 제니퍼가 무심하게 답했다.

"아. 쏘리. 우리 지금 계속 농장 안에서 달리고 있었어."

아뿔싸. 지금 몇십 분 째 달려온 이 녹색 평야가 모두 제니퍼네 농장이라고? 갑자기 머리가 아파왔다. 이 정도면 기업형 목장이 아니라, 그냥 기업 아닌가. 그것도 대기업.

달리다 보니, 열 마리 남짓한 말들이 건초를 뜯어 먹고 있는 목초지가 나왔다. 푸른 하늘 아래로 따사로운 텍사스 햇빛이 쏟아지고, 초원의 풀잎은 그 빛에 반짝였다. 그리고, 그 초원 위로 부드러운 갈기를 바람에 날리며, 검은 말들이 뛰어다니고 있었다. 빛나는 눈동자, 뛸 때마다 '쉭 쉭' 새어나오는 숨소리와 역동적인 근육들, 그리고 내 심장을 흔드는 웅장한 말발굽 소리. 회색 빌딩 숲 밑에서 몸을 구긴 채 지하철을 타고 다니던 내가 봐온 풍경과는 너무 이질적이었다. 그래서였을까. 그만, 눈물이 나올 뻔했다. '아아. 제니퍼 누나… 누나는 이런 세상에서 살아왔던 거예요?'

제니퍼는 큰누나답게, 우리를 이곳에 내려주고, 자신은 집으로 가서 '텍사스식 바베큐'를 준비하겠다고 했다. 그러며, 이런 말도 했다.

"초이. 여기선 대부분 이걸 남자들이 하니까, 다음엔 네가 해야 해."

다음이라니. 아아, 누나는 대체 어디까지 생각하고 계신 건가요.

어쩜 이리 준비성이 철저한지, 말들이 노는 곳 옆에는 우리가 타고 집으로 갈 차까지 주차돼 있었다. 그렇게 제니퍼가 떠나자, 엘레나는 우리에게 말 타는 법을 가르쳐줬다. 마치 반지의 여왕에 나오는 어떤 부족의 족장처럼, 엘레나는 말갈기만큼이나 긴 머리를 텍사스 허공에 휘날리며 능숙하게 달렸다. 나와 케빈은 그저 감탄하며 그 모습을 바라봤다.

– 형. 이건 영화야. 영화.

그렇다. 이건 현실일 수 없었다. 케빈과 나는 영화의 한 장면 속에 있었고, 우리는 삶이라는 영화 속의 주인공이 되어 있었다. 엘레나는 제니퍼와 친한 덕인지, 아니면 승마에 조예가 깊었는지, 그야말로 선수처럼 말을 다뤘다. 난생처음 말을 타본 나와 케빈은 엘레나가 고삐를 잡은 말 위에서 '어… 어… 어… 어 어어어어어어' 따위의 감탄사를 내뱉으며 탔고, 이런 우리를 엘레나는 귀엽다는 듯이 미소 지으며 인도했다. 그 와중에 케빈은 엘레나에게 뭔가 보여야겠다고 생각한 모양이다. 혼자 말을 타 보겠다며 달리다가 말이 속력을 내니, 그만 울상이 된 채 "엘레나!"만 외쳤다. 결국, 엘레나가 다른 말을 타고 와서 케빈이 탄 말의 속도를 늦춰주자, 그는 울음을 터트리고 말았다.

4.

한바탕 소동 같은 추억을 쌓은 뒤, 우리는 미리 준비된 차로 제니퍼의 집으로 향했다. 그리고 나와 케빈의 입은 또 한 번 벌어졌다. 목장에서 차를 타고 다니는 건 이제 익숙해졌다 쳐도, 대문을 지났는데도 차를 타고 계속 가야 하는 것이었다. 사실, 그 대문도 너무나 거대하고 웅장했기에, 우리는 무슨 한국의 대학 캠퍼스 안으로 들어가는 줄 알았다.

내 어깨너머의 차창으로 분수가 보였다. '아니, 집안에 분수가 왜 있지'라고 생각하는 사이, 박물관의 특별 기획전에서 볼 법한 그리스 신 석상들이 줄지어 나타났다. 포세이돈, 아폴론, 헤라, 제우스, 헤르메스까지. '이거 다들 여기에 와 있으면, 그리스는 누가 챙기나' 하고 걱정될 만큼, 제니퍼의 정원에 집합해 있었다. 차에서 내리니, 스프링클러가 흩뿌리는 물에 정원은 촉촉이 젖고 있었다. 그리고 드높게 세운 케빈의 앞머리처럼 견고했던 우리 자존심도 말 없이 젖고 있었다.

케빈과 나의 키를 합친 것보다도 높은 현관문이 우리를 움츠리게 했다. 그 문을 열고 들어가니 그 안의 천장은 그 문보다 훨씬 더 높았다. 고개를 젖혀보니 미국 대학의 중앙도서관 로비처럼 아치형의 둥근 천장이 머리 위에 있었고, 벽에는 프라도 미술관이라 해도 좋을 만큼 엄청난 수의 오래된 유화와 인물화가 걸려 있었다. 인물화를 자세히 살펴보니, 제니퍼와 조금씩 닮은

면이 있어서 '설마 이 가문의 조상들을 이렇게 그려놓은 건가' 하는 상상까지 했다. 이때, 케빈이 툭 찌르며, 내가 보고 있던 벽 반대쪽을 가리켰다.

돌아보니, 그곳에는 수십 정의 장총이 벽에 걸려 있었다. 남북전쟁 때 쓰였을 법한 총부터, 볼셰비키혁명 시절에 쓰였을 법한 총을 거쳐, 세계 1·2차 대전에 쓰였다는 증명서와 당시 사진과 함께 전시된 총까지 있었다. 벽 한쪽을 빽빽하게 채우고 있는 장총들을 보고 있자니, 케빈과 나는 어쩐지 움츠러들고 말았다. 이 와중에도, 엘레나는 익숙하다는 듯, 놀라는 기색을 전혀 보이지 않았다. 그러며, 차에 놓고 온 게 있다며, 돌아갔다. 졸지에 케빈과 나는 이 큰 저택에 덩그러니 남겨졌다.

그때, 케빈이 말했다.
- 형. 무슨 소리 들리지 않아요?
그랬다. 이 층에서 어떤 소리가 새어 나오고 있었다. 집이 워낙 넓고, 이 생경한 풍경에 압도되어 미처 낌새를 못 차린 거다. 소리가 나는 쪽으로 조금씩 발걸음을 옮겨보니, 느낌이 이상했다. 제니퍼가 아버지와 함께 설전을 벌이고 있었다. 아버지는 절대 안 된다고 고함쳤고, 제니퍼는 왜 안 되냐고 항변했는데, 좀 더 들어보니 그 대화 주제에는 내가 끼어 있는 것이었다. 나는 깜짝 놀라 '왜 나 때문에?'라는 표정으로 케빈을 봤고, 나보다 더 눈치 없는 케빈은 소리 내서 "왜 형 때문에 싸우죠?"라고 한국어로 말했다. 그리고, 한 이삼 분 지났을까. 어디선가 '철컥. 철컥' 하는 소리가 들리더니, 제니퍼가 절규하듯 "노! 노! 안 돼! 아빠!" 하고 외쳤고, 쿵쾅 쿵쾅 하며 다급하게 누군가가 뛰어오는 소리가 점점 더 크게, 더 가깝게 들려왔다.

정신 차릴 틈도 없이 나타난 제니퍼의 아버지 손에는 긴 헌팅 건이 들려 있었다. 그걸 보자마자 눈치는 느리지만, 발은 재빠른 케빈이 "오 마이 갓!" 하며 줄행랑쳤다. 나는 관찰이 몸에 밴 작가답게, 언젠가는 이 이야기를 써먹으려고 그 와중에도 제니퍼 아버지의 콧수염과, 그 밑에서 움직이는 입술 모양, 그리고 거기서 터져나온 말을 머릿속에 담으며, 도망쳤다.

"You Fuc×××××× out!"

(순화하자면, '당장 내 집에서 나가지 못해, 야 이 도둑아!')

거친 숨을 몰아쉬며 집을 빠져나오니, 마침 엘레나가 여전히 차에 탄 채 물건을 찾고 있었다. 그것도 운전석에 앉아서! 얼마나 다행인가! 우리는 구사일생했다며 엘레나에게 연신 고맙다고 했다. 생전 처음 총으로 위협을 당한 탓인지, 우리는 지옥문 앞에서 가까스로 구원받은 기분이 들어 진심으로 안도했다. 그렇게 우리는 텍사스 목장에서 쫓기듯 탈출하며, 목숨을 건졌다.

그런데, 제니퍼는 아버지와 대체 무슨 이야기를 나눴던 걸까. 반려견의 이름을 '티벳'으로 지을 만큼 독립을 원했던 제니퍼는, 나와의 결혼을 통해 아버지로부터의 독립을 꿈꿨다. 그러나, 아이로니컬하게 제니퍼의 '티벳'은 제니퍼의 집에서 산다. 이름만 '티벳'일 뿐, 결국 제니퍼의 보살핌 아래에 있다. 제니퍼 역시 그러했다. 아버지로부터의 재정적 독립을 원했지만, 그 재정적 독립이라는 것은 결국 새출발하는 데 필요한 '일시금'이 동반된 독립을 의미했다. '작은 정부를 지향하는 남부 보수주의자' '총기 소유 지지자', 그리고 '순혈주의자'인 제니퍼의 아버지는 딸의 계획을 단칼에, 아니, 단총에 거절했다.
"가문 대대로 이뤄온 걸, 중국 놈에게 퍼주겠다고?"
나는 한국인인데도 말이다. 그러니까, 제니퍼의 아버지는 동양인은 모두 중국인으로 생각해버리는 그런 유형이었다. 제니퍼는 울면서 사과했다. 어쩔 수 없다고. 포틀랜드의 자기 아파트도 아버지 것이라고. 자기는 아버지가 연을 끊으면 살아갈 길이 없다고.

나는 그녀의 이 모든 좌초된 계획에 고개를 끄덕이며, 그래도 나를 그렇게까지 생각해준 게 고마웠다고 마음을 전한 뒤 돌아왔다. 물론, 내 의사는 묻지 않았지만, 그래도 누군가가 나를 각별하게 생각해준다는 게 정말 고마웠다. 자신의 모든 것을 쥐고 있는 아버지에게 맞설 만큼이었으니.

5.

이렇게 한바탕 소동을 겪은 뒤, 케빈과 나는 각자 생활의 껍질 속으로 들어갔다. 우린 여전히 뉴올리언스와 서울에서, 한 명은 파마약을 팔고, 또 한 명은 원고를 쓰며 지냈다. 그러다, 3년쯤 지났을까, 그러니까, 내 기억에 2017년 성탄 즈음에 케빈에게 전화가 왔다.

- 메리 크리스마스! 어떻게 지내냐.
- 형. 전 메리하지 않아요. 저 실은 요즘 엘레나 찾고 있어요.
- 왜?
- 스토리가 길어요. 형 그거 알아요? 내가 아는 동생이 누가

결혼하자고 해서, 엄청난 부잣집에 갔는데 아버지 반대로
쫓겨났대요.

느낌이 이상했다.

- 거기가 어디야?

- 텍사스요. 숙소는 오스틴. 우리가 갔던 데요.

- 진짜?

- 네. 리얼리.

- 그 사람들 요즘도 민박집 해?

- 형. 진짜 눈치 없다.

내가 케빈에게 이런 말을 듣다니.

- 그 사람들은 전부 다 그냥 고용된 거야. 보스는 따로 있어.

- 누구?

- 그 아버지. 총 들고 온 수염쟁이.

- 아니 엄청 부자인데, 왜 그런 일을 하지?

- 형, 그거 알아요? 형이 내가 아는 사람 중에 눈치 제일 없
  어요. 그 사람들 집은 다 빌린 거지. 농장도 빌린 거고. 그리
  고 제니퍼가 몇십 분간 달린 초원, 그거 그 농장과 아무 상
  관없는 그냥 남의 땅이야.

알고 보니, 제니퍼는 매니저쯤 되는 사람이었다. 이 와중에도 내 눈치가 맞은 게 있었다. 엘레나는 진짜 배우였다. 단지 연기를 펼치는 곳이, 화면 속이 아니라, 민박집일 뿐이었다.

- 형은 그때, 경비 어떻게 했어요?
- 나? 나는 신용카드로 현금 서비스 받아서 뽑아줬지… 미국 비행기 티켓 사는 거, 미국 주소 없으면 불편하잖아. 대신 해준다고 하더라고.

그랬다. 아, 에세이는 어떻게 됐냐고? 당연히 못 썼다. 계약금도 토해내야 했고, 결국 취재비는 그때의 소동에 다 들어간 셈이다. 포틀랜드의 숙소비에, 오스틴의 숙소비에, 항공권에, 돈 들어갈 데가 한두 군데가 아니었다. 취재비를 거기에 다 쏟아붓고 결국 빈손으로 돌아왔다. 물론, 책을 계약하며 받은 선인세도 갚아야 했다. 한동안 이런저런 원고를 쓰며 당겨 쓴 지출을 메꿨고, 다 갚는 데 일 년은 족히 걸렸다.

- 너는?
- 저는 그때 돈 없었는데, 형이 일단 오라고 했잖아요. 비행기

티켓만 사서. 나머지는 알아서 해준다고.

- 그랬지.

- 나중에 수표로 끊어달라고 하더라고요.

- 그래서 얼마 끊어줬어?

- 다음날에 5천 불이요.

우리 둘 사이에 깊은 정적이 한참 동안 흘렀다.

- 그래서, 엘레나 잡으려고?

- 네. 잡으려고요.

창밖을 보니, 2017년 성탄 무렵 서울의 밤하늘엔 흰 눈이 내리고 있었다. 세상은 백지가 된 내 머릿속처럼 하얘지고 있었다. 라디오에선 캐럴이 나왔다. '산타 할아버지는 착한 사람에게 선물을 준다'는 흔해 빠진 캐럴 말이다.

- 형. 저어… 그래도 저는 그날, 좋았어요.

목이 멘 듯 케빈이 침을 삼키는 소리가, 태평양을 넘어 생생하게 들려왔다.

- 누군가 나를 만나고 싶어 하고, 나랑 같이 웃어주고, 같이

걷고… 이런 게 진짜 오랜만이었거든요. 그리고 잠깐이었지
만, 저 엘레나… 진짜 사랑했어요.

이런 게 호구의 자세다.

- 지금은 아니고?
- 실은 지금도요. 저 엘레나 만나면 고맙다고 할 거예요. 우
  린 그렇게라도 만나게 됐으니까요. 같이 열심히 살자고 할
  거예요.
- 야. 그게 네 맘대로 되냐?
- 그러게요. 그래서… 그러니까 말인데요… 다시 한 번 저한
  테 사기 쳤으면 좋겠어요. 저, 요즘 온종일 그 사이트에서
  엘레나 찾고 있어요.
- 그럼 잡는다는 게?
- 네. 제 사랑을 잡으려고요. 전, 사랑의 헌터니까요.

누가 그랬나. 끼리끼리 논다고. 아니, 이 말은 틀렸다. 나는 케
빈만큼 호구는 아니니까. 정확히 말하자면, 내가 이런 녀석이랑
어울려서, 호구가 된 거다. 그럼에도 불구하고 유유상종은 어느
정도 맞는 말이다. 나도 케빈을 이해할 수 있으니까. 어쩌면, 내
가 케빈이라도 그렇게 생각할지 모른다. 적어도 우린 그날 생에

서 잊지 못할 추억을 쌓았으니까. 그런 측면에서 보자면, 오스틴의 숙소 침대 위에 놓인 카드 메시지는 맞았다. 그때 일은 지금도 잊을 수 없는 평생의 기억이 됐으니까. 계획이 있었으니, 당연히 맞는 것 아니냐고? 나는 그렇게 여기지 않는다. 통화하며 들었던 캐럴처럼, 결국 산타는 착한 사람에게 선물을 주니까. 지난 십수 년 간 누군가를 사랑해본 적 없는 케빈에게 산타는 그 무엇보다 값진, '사람을 사랑하는 마음'을 선물해주었다.

당연한 말이지만, 공유 숙소 사이트를 탓하진 않는다. 사업자의 속셈까지 숙소 사이트가 어떻게 아나. 나는 그 사회의 규칙대로, 숙소에 묵었고, 그들은 숙소를 제공했다. 그리고, 그들도 내게 항공권과 숙소를 제공하고, 집까지 빌려야 했으니, 많이 벌지는 못했을 것이다. 어찌 보면, 신개념 여행 상품이다. 단, 고객이 모르고 진행되는 여행 상품. 내가 한 실수가 있다면, 그들이 추가로 내민 비밀스러운 내용의 계약서에 내 손으로 직접 사인을 했다는 것이다.

그나저나, 나는 왜 그랬을까. 아마, 욕망 때문이었을 거다. 아니, 좋게 말해, 새로운 세계에 대한 호기심이라 하자. 우리는 모험을 떠날 때 희생을 감수해야 하니까, 모험을 위해 값을 치렀다고 하자. 여행, 즉 'travel'의 어원은 '트레바일(travail)', 아닌가. '고생, 고난, 그리고 때로는 고문'. 나는 이 어원에 걸맞게 진짜 여행을 한 거다.

내가 얻은 소득은 또 있다. 말을 한 번 탔다는 것! 그리고 미국의 총을 피했다는 것! 무엇보다, 그날 엔도르핀이 한껏 솟아올랐다는 것(심지어, 도망치는 순간에도 나는 도파민에 젖었다)! 게다가, 이렇게 원고를 하나 또 마감했다는 것! 아, 그리고 한국 시민권도 사랑하게 됐다는 것. 그래서, 결국은 한국에서 가정을 꾸리고 잘 살고 있다는 것. 이게 다, 제니퍼 덕이다. 결론은, 고마워요. 누나. 하하하.

-끝-

Train & Draft Beer

기차와 생맥주

2022년 07월 20일 초판1쇄 발행
2022년 08월 16일 초판2쇄 발행

지은이 최민석

펴낸이 김은경
책임편집 강현호
편집 권정희, 이은규
마케팅 박현정, 박선영
디자인 김경미
경영지원 이연정

펴낸곳 ㈜북스톤
주소 서울특별시 성동구 성수이로20길 3, 세종빌딩 602호
대표전화 02-6463-7000
팩스 02-6499-1706
이메일 info@book-stone.co.kr
출판등록 2015년 1월 2일 제2018-000078호

ISBN 979-11-91211-74-0 (03810)